DESEO

D1120990

JESSICA LEMMON
Boda secreta

Editado por Harlequin Ibérica.
Una división de HarperCollins Ibérica, S.A.
Núñez de Balboa, 56
28001 Madrid

© 2018 Jessica Lemmon
© 2019 Harlequin Ibérica, una división de HarperCollins Ibérica, S.A.
Boda secreta, n.º 2127 - 2.8.19
Título original: A Christmas Proposition
Publicada originalmente por Harlequin Enterprises, Ltd.

Todos los derechos están reservados incluidos los de reproducción, total o parcial. Esta edición ha sido publicada con autorización de Harlequin Books S.A.
Esta es una obra de ficción. Nombres, caracteres, lugares, y situaciones son producto de la imaginación del autor o son utilizados ficticiamente, y cualquier parecido con personas, vivas o muertas, establecimientos de negocios (comerciales), hechos o situaciones son pura coincidencia.
® Harlequin, Harlequin Deseo y logotipo Harlequin son marcas registradas por Harlequin Enterprises Limited.
® y ™ son marcas registradas por Harlequin Enterprises Limited y sus filiales, utilizadas con licencia. Las marcas que lleven ® están registradas en la Oficina Española de Patentes y Marcas y en otros países.
Imagen de cubierta utilizada con permiso de Harlequin Enterprises Limited.
Todos los derechos están reservados.

I.S.B.N.: 978-84-1328-193-3
Depósito legal: M-20700-2019
Impreso en España por: BLACK PRINT
Fecha impresion para Argentina: 2.2.20
Distribuidor exclusivo para España: LOGISTA
Distribuidor para México: Distibuidora Intermex, S.A. de C.V.
Distribuidores para Argentina: Interior, DGP, S.A. Alvarado 2118.
Cap. Fed./Buenos Aires y Gran Buenos Aires, VACCARO HNOS.

Este libro ha sido impreso con papel procedente de fuentes certificadas según el estándar FSC, para asegurar una gestión responsable de los bosques.

Capítulo Uno

20 de diciembre
Fuente: thedallasduchess.com
Exclusiva: Stefanie Ferguson y Blake Eastwood juntos

¡Buenos días, Dallas!
Como experta de esta hermosa ciudad, la duquesa de Dallas se toma muy en serio su trabajo de saber todo lo que se cuece entre la realeza local. Y, en esta ciudad, no hay realeza más real que los Ferguson.

A «su alteza» Stefanie Ferguson, socialite, heredera y fiestera, se la ha visto de nuevo del brazo del guapo y encantador Blake Eastwood, quien da la casualidad de que es el mayor rival del alcalde (¡chico malo, chico malo!). Y como todas sabéis, mis avezadas preciosidades, el alcalde es el guapísimo hermano de Stefanie y se ha comprometido recientemente. Sí, mis niñas, otro de los solteros de oro de Dallas está a punto de morder el polvo.

(A modo de aparte, las que lleváis siguiéndome mucho tiempo tal vez recordéis la exclusiva que di sobre el alcalde, que estuvo cohabitando en Montana durante una tormenta de nieve con su antiguo amor. ¡Qué buena soy! Siempre os enteráis de todo aquí primero).

Volvamos a la princesa Stef y a su atractivo chico malo… Seguramente que, a estas horas, ya habréis visto la foto que circula por las redes sociales de Blake y Stefanie bailando muy acarameladitos en una fiesta benéfica organizada por Un Juguete para un Niño. Y, si sois unas observadoras astutas como *moi*, seguro que habéis sentido las chispas que saltaban de esa foto. Y, yo, desde este mismo instante, os puedo confirmar lo que el repiqueteo de mi corazón estaba esperando ansioso: ¡Stefanie y Blake están juntos!

Hace poco, hablé con Blake y, aunque no pude conseguir que me confirmara nada, sí me enteré de algunos datos muuuyyy jugosossss.

Duquesa de Dallas: *Por el bien de mis lectoras, tengo que hacerte esta pregunta. ¿Habéis vuelto a salir Stefanie Ferguson y tú?*

Blake Eastwood: *(tras dejar escapar una sexy carcajada): Hmm, sí... Así es.*

DD *(exclamaciones de alegría): ¿Me puedes contar algo más?*

BE: *Te puedo contar que estamos empezando, pero que va en serio.*

DD: *¿Tan serio como para merecerse un anillo?*

BE: *¡Venga ya, duquesa! No te puedo descubrir todo el pastel...*

DD: *¡Pero ya casi estamos en Navidad! Seguro que nos puedes hacer algún regalito...*

BE: *La Navidad es la época preferida del año para Stef. Justo ayer, me susurró al oído que es el momento perfecto para ir de compras a Tiffany & Co. y yo soy un hombre que atrapa las indirectas al vuelo...*

Señoras, caballeros... Si eso es no es una confirmación de que Blake va a hacerle a Stefanie la pregunta que ella tanto desea escuchar, ¡entonces... no sé lo que es!

Tuvo que contenerse para no responder a su provocación. Blake significaba malas noticias en letras mayúsculas.

El año anterior, le había contado a la duquesa de Dallas que Miriam Andrix había regresado a la vida de Chase. El resultado fue una defensa a ultranza de Chase y una casi reprimenda para Miriam por arruinar al casto varón que era el alcalde de la ciudad. Ridículo. Resultaba evidente para todo el mundo que los viera juntos que Miriam y Chase estaban locos el uno por el otro.

El motivo de Blake para tratar de mancillar tan maliciosamente la campaña era la construcción de un nuevo centro cívico, que quería levantar muy, muy cerca de la finca que Ferguson dedicaba a la extracción de petróleo. Chase llevaba años negándose y Blake había prometido arruinarle, aunque fuera lo último que hiciera en su vida.

Stef se recordó, una vez más, que no había tenido conocimiento alguno de los sórdidos detalles cuando Blake la engatusó para que se metiera en su cama una única noche había ya algunos años. Ciertamente, no había esperado que él vendiera las fotos en las que los dos abandonaban juntos el hotel.

Penelope Ferguson había realizado una maniobra increíble para sacar a Stef de aquel lío y, evidentemente, había ejercido una gran influencia a la hora de allanar la relación entre Chase y Miriam. Dado que la reelección de Chase era inminente –Stef se negaba a pensar que él pudiera perder las elecciones–, ella no tenía duda alguna de que Penelope volvería a hacer uso de su magia.

–Deberías haberme llamado en el momento en el que esa serpiente de Blake te envió ese mensaje –le reprochó Penelope sentada frente a su ordenador. Tenía un gesto de desaprobación y frustración en el rostro.

Stef se paró y se abrazó la cintura.

–Era tarde. No quería molestarte.

No había querido que su cuñada le notara en la voz lo vulnerable que se sentía. No quería reconocer el daño que Blake le había hecho. Como cuando las fotos del hotel vieron la luz del día, se sentía usada.

Los dos habían asistido a una larga y aburrida fiesta benéfica. El champán y el encanto de Blake habían resultado agradables, a pesar de que muchas cosas de las que le había dicho habían sido mentiras. Blake tan solo había esperado poder vengarse de Chase y habría utilizado para ello a cualquiera de los Ferguson. Ella había permitido que la convenciera para que se fuera a la cama con él y Stef aún sentía el escozor de la vergüenza y de la ira por su propia ingenuidad.

Al día siguiente, las fotos habían visto la luz y a ella se le había acusado de acostarse con el mayor enemigo de su hermano.

Y, una vez más, se veía en una situación parecida.

–¿Cuándo fue la fiesta benéfica donde se hizo esta foto? –le preguntó Pen mientras hacía girar la pantalla de su ordenador para mostrarle la foto que se había filtrado, en la que Blake y ella bailaban muy juntos.

–El pasado fin de semana.

–Parece que estáis muy a gusto.

–Él me pidió bailar agarrándome de la mano y llevándome prácticamente a rastras a la pista de baile. Yo no quise provocar una escena diciéndole dónde se podía meter su invitación.

Ya le había causado suficientes problemas a su hermano y a la campaña de este. Chase no la consideraba responsable de nada, pero ella no pensaba lo mismo.

–Lo que no se ve en esa foto es que le estoy recriminando lo que ha hecho. Le dije que, si no me dejaba a mí y a mi familia en paz, le castraría con unas tijeras sin filo.

Stef sonrió orgullosa. Pen no le devolvió la sonrisa.

–Lo que hiciste fue seguirle el juego, Stefanie. Una vez más –comentó Pen sacudiendo la cabeza–. Decidió el momento en el que se publicaría esta foto a propósito, para coincidir con la reelección. ¿Por qué ha empezado a sugerir por ahí que los dos os vais a casar?

Stef sintió que se sonrojaba al recordar el resto de su conversación aquella noche.

–Eso es… eso es, en parte, culpa mía.

Pen levantó las cejas y esperó.

–Bueno, me estaba apretando mucho y, aunque traté de zafarme de él, no conseguí soltarme –dijo Stef mientras se lamía los labios. Se arrepentía de las palabras que le había dicho tras haber experimentado la venganza–. Puede que le haya dicho algo sobre un pito muy pequeño y sobre haber fingido y que, si no me soltaba, le diría a todos los que quisieran escuchar lo poco placentero que resultaba acostarse con la serpiente de Blake.

Pen levantó las cejas aún más y, justo cuando Stef estaba segura de que su cuñada le iba a leer la cartilla, Pen sonrió tan resplandeciente como el sol después de un día de lluvia.

–Sabes muy bien cómo buscarte problemas, ¿verdad? –le preguntó Pen tras soltar una carcajada. Debió de ver el gesto compungido de Stef porque Pen enseguida se levantó de la silla–. Siento haberte dicho eso. No me hagas caso.

Pen agarró a Stef por los hombros y esta sintió que los ojos se le llenaban de lágrimas.

–No pienso hacerlo…

–Te aseguro que no era eso lo que quería decir. De verdad –añadió Pen mientras la estrechaba.

–Tú puedes arreglar esto –le dijo a Pen mientras trataba de tragarse las lágrimas–. Has arreglado algunos de los mayores líos de Dallas desde que te viniste a vivir aquí. Solo quiero que me digas la manera más fácil, más rápida y más sencilla de acallar esta noticia.

–Como mujer que tuvo que enfrentarse a su propio compromiso falso, tengo experiencia en este tipo de cosas. Solo que el novio era tu hermano y formaba parte del plan.

–Y Blake es un idiota y un asqueroso.

De todas las malas decisiones que Stef había tenido que tomar durante sus treinta años de vida sobre el planeta, ¿por qué aquella? ¿Por qué había caído víctima de los falsos encantos de aquel hombre?

–Si no fueras mi cuñada, te aconsejaría que te casaras.

–¿Con Blake? –preguntó escandalizada.

–¡No! ¡Dios mío, no! Digo que la mejor manera de acallar la afirmación de Blake de que está comprometido contigo es que te cases con otra persona. ¿Conoces algún soltero disponible?

Stef la miraba horrorizada. Nunca había esperado que aquel sería el consejo que le daría Penelope.

–Es una broma –le dijo Pen mientras le apretaba los hombros antes de volver a sentarse a su escritorio y comenzar a escribir en el ordenador–. Idearé un plan para sacarte de este lío que os vaya bien a ti y a tu hermano.

–Gracias.

Pen sonrió.

–Y te prometo que no implicará una boda.

Emmett Keaton había sido el mejor amigo de Chase Ferguson desde la universidad, pero aquel día estaba más que contrariado. Estaba furioso.

Dado que el trabajo de Emmet era proteger al alcalde, tenía que asumir el papel de hombre tranquilo. Como el escándalo que estaba creando caos en aquellos momentos tenía que ver con Stefanie, a él mismo le estaba costando contener su propia ira. La más joven de los Ferguson tenía una gran habilidad para crear problemas.

—Cuando le ponga las manos encima a esa rata asquerosa —dijo Chase entre dientes—, juro por todo lo sagrado que…

—Chase…

Penelope, la esposa de su hermano Zach, estaba de pie frente al escritorio de Chase. Como Chase confiaba en ella, Emmett también.

—Estoy en ello —dijo Pen—. No tienes nada de lo que preocuparte.

Chase apretó la mandíbula y asintió. Ella repitió el gesto y se dio la vuelta para marcharse.

En cuanto Pen salió por la puerta, Chase miró a Emmett. Entonces, apretó un botón del teléfono.

—Cynthia, llama a mi hermana por teléfono.

—¿Estás seguro de que quieres hacerlo, jefe? —le preguntó Emmett.

Chase no respondió.

Un instante después, el teléfono empezó a sonar.

—¿Dónde diablos estabas? —rugió Chase—. Tienes treinta segundos —añadió antes de colgar el teléfono y mirar con dureza a Emmett—. Ya estaba de camino.

9

Justamente treinta segundos después, las puertas se abrieron. Stefanie entró en el despacho con un vestido rojo muy corto, unas botas altas con fiero tacón y los labios pintados de rojo fuego.

–He visto a Pen al entrar –dijo ella mientras se guardaba el teléfono móvil en el bolso–. Me ha advertido de que no estabas de muy buen humor. Doy por sentado que estás muy enfadado conmigo.

Chase respiró profundamente. Cuando habló midió muy cuidadosamente sus palabras.

–No estoy enfadado contigo, Stefanie. Estoy…

–No digas desilusionado –replicó ella y miró a Emmett con desprecio.

Stefanie lo odiaba por razones que él aún no había podido comprender. Emmett se había limitado a ofrecerle su ayuda cuando ella lo había necesitado, tanto si Stefanie se lo había pedido como si no. De hecho, si la memoria no le fallaba, nunca se lo había pedido.

–Estoy preocupado –dijo Chase. Ella giró rápidamente para mirar de nuevo a su hermano–. Te vas a marchar pronto de vacaciones de Navidad, ¿no?

–Sí –contestó ella con una sonrisa de alegría.

Esa sonrisa iluminó su rostro como si fueran luces navideñas. Emmett nunca había conocido a nadie a quien le gustara tanto la Navidad. El amor por la Navidad le resultaba tan ajeno a él como el resto del glamour que suponía el estilo de vida de la familia de su amigo. A pesar de que poseía una buena fortuna, Emmet nunca había sentido deseo alguno de lujos. Ciertamente, no sentía ningún deseo por celebrar una festividad que le traía malos recuerdos y peores consecuencias.

–¿Adónde te vas este año? –le preguntó Chase.

–A San Antonio.

—Cancélalo.

El rostro de Stefanie se transformó en una expresión de tortura y de sorpresa.

—¿Cómo has dicho? Nunca. De ninguna manera.

—No ha sido una petición. Ni una pregunta. Como no tienes el sentido común suficiente para mantenerte alejada de Blake Eastwood, mi campaña está sufriendo las consecuencias.

Emmett apretó los puños. Casi nunca estaba en desacuerdo con su amigo, pero, en aquella ocasión, los comentarios de Chase estaban fuera de lugar.

—Sea lo que sea lo que vayas a hacer en San Antonio con tus amigas, lo puedes hacer igualmente aquí en Dallas. No te vas a marchar de la ciudad y, si lo haces, vas a llevar una carabina. ¿Me has entendido?

Stefanie lanzó una carcajada de incredulidad.

—No puedes tenerme encerrada, Chase. No eres mi padre. Y, aunque lo fueras, tampoco podrías hacerlo. ¡Tengo treinta años!

—Entonces, ¿por qué te comportas como una adolescente mimada? —rugió Chase.

—¡Eh!

La exclamación de Emmett fue tan inesperada que los dos Ferguson lo miraron llenos de asombro.

Emmett se acercó a Chase.

—Dejemos la culpa donde debería estar. En Blake. Stefanie ya ha pasado bastante. No necesita que, además, tú cargues contra ella.

Chase respiró profundamente y apoyó las manos sobre el escritorio.

Emmett miró brevemente a Stefanie quien, por primera vez en su vida, lo estaba observando con algo parecido a gratitud.

–Stefanie, te estoy pidiendo tu cooperación –dijo Chase mientras tomaba asiento antes de mirar a su hermana a los ojos.

–A Penelope se le da muy bien su trabajo. No hay razón alguna para que no pueda…

–Te lo estoy pidiendo –repitió Chase, aunque con voz más firme en aquella ocasión.

–Todos los años estoy deseando que lleguen estas vacaciones. No puedo cancelarlas. Son dentro de cuatro días.

–¿Por qué no? –le preguntó Chase arrugando la frente–. ¿Acaso no puedes tomar champán con tus amigas y hablar de moda en otra ocasión? Envíales por correo sus regalos. Invítalas aquí. Podéis alojaros en mi casa.

–Yo… no puedo hacer eso… –dijo por fin. Parecía atormentada ante la idea de cancelar.

Emmett no entendió aquella reacción. Desilusionada, sí, pero atormentada era una reacción excesiva.

Stef adoraba a su familia por encima de todas las cosas. A lo largo de los años, Emmett había sido testigo del vínculo especial que había entre Chase y ella. Stefanie respetaba profundamente a su hermano. Jamás le mentiría. Entonces, ¿por qué le estaba dando a Emmett la sensación de que se estaba esforzando mucho precisamente para no hacerlo? ¿Por qué no podía reunirse con sus amigas allí en lugar de viajar a San Antonio?

–Los planes se pueden cambiar. Yo correré con los gastos –le dijo Chase–. Os encontraré un buen sitio aquí en Dallas. No te puedes marchar de la ciudad con este asunto pendiente. Te lo prohíbo.

–¿Por qué? ¿Acaso crees que Blake me va a secuestrar o algo así? –le preguntó Stef con una carcajada.

A Emmett no le parecía gracioso. Se puso en estado

12

de alerta al pensar que algo malo pudiera ocurrirle a Stefanie. Él lo impediría.

–Haces las cosas sin pensar –le dijo Chase–. ¿Quién sabe lo que podría ocurrir?

–Chase, ya está bien –intervino Emmett dando un paso al frente.

Chase estaba en su derecho de cuidar a su hermana pequeña, pero estaba manejando aquel asunto de un modo equivocado.

–Déjalo –le espetó Stef–. No necesito que me protejas del estúpido de mi hermano.

–Necesitas que te protejan de ti misma –le interrumpió Chase.

Aquella conversación no iba a ninguna parte.

–Me marcho mañana a San Antonio –afirmó ella–. Volveré dentro de unos días y estoy segura de que tu valiosa campaña seguirá intacta cuando yo regrese –añadió. Recogió su bolso y se lo colgó del hombro.

Chase se levantaba con el rostro enrojecido.

–Yo te llevaré en coche –exclamó Emmett de repente.

Una vez más, los dos Ferguson se giraron para mirarlo, pero solo a uno de ellos pareció no gustarle aquel ofrecimiento. A la rubia guapa.

–Sí. Es una idea estupenda –afirmó Chase–. Emmett será tu escolta.

–¡No quiero ninguna escolta!

–¡No me importa!

–¡Basta ya! –exclamó Emmett mientras se interponía entre Stefanie y Chase–. Yo te llevaré a San Antonio. Resérvame una habitación donde os vayáis a alojar.

–Es un hotel muy pequeño y está lleno –replicó ella levantando la barbilla. Sus ojos color aguamarina relucieron a modo de advertencia.

–En ese caso, dormiré en mi todoterreno –repuso Emmett–. Es esto o no vas. Tu hermano tiene razón en lo de que puede ser peligroso. Tu imagen está en todas las redes sociales. Ya ha ocurrido antes, Stef. Los paparazzi te persiguen.

Stef era hermosa, joven y la multimillonaria más famosa de Dallas, si no de todo el estado de Texas. La combinación de su reputación como *it-girl* y el rumor de que se iba a casar con el enemigo jurado del alcalde la convertían en carnaza para la prensa.

Ella abrió la boca, seguramente para protestar.

Emmett levantó las cejas y pareció advertirle con la mirada. Milagrosamente, en vez de seguir discutiendo, ella dijo:

–Está bien.

–Genial. Fuera –dijo Chase–. Los dos.

A su mejor amigo le había molestado. ¿Y qué? Emmett tenía la piel curtida.

Emmett abrió la puerta de su todoterreno negro.

–No puedes haber dicho en serio que te vas a llevar esta bestia a San Antonio. Nos tendremos que parar cada treinta kilómetros para llenar el depósito.

–Entra.

Stef lo miró con desaprobación, observando la esculpida mandíbula y la perfecta forma de la cabeza debajo de un cabello castaño oscuro muy corto. Lo llevaba casi rapado, de manera que, normalmente, tan solo tenía unos pocos centímetros de pelo en lo alto de la cabeza. Iba vestido con lo que a Stef le parecía una especie de uniforme, una camisa blanca con el cuello abierto y unos pantalones oscuros. Su fuerza, su tamaño y su actitud hubieran combinado mejor con una camiseta y unos pantalones deportivos, pero su trabajo requería una cierta formalidad.

Ella arrojó el bolso dentro del vehículo y se agarró al asiento para poder subir. Emmett le agarró con la amplia palma de la mano para sostenerla, pero Stef estuvo a punto de apartar el brazo, completamente asombrada. Si no se equivocaba, aquella era la primera vez que él la tocaba.

Resultó… alarmante, pero no desde el punto de vista de que le quitara las manos de encima. Más bien, le había parecido… íntimo.

Cuando ella estuvo dentro del vehículo, Emmett bajó la voz y se inclinó hacia ella. Stef ignoró el aroma a limpio y masculino que emanaba de él. O, al menos, lo intentó.

A continuación, Emmett se sentó tras el volante y encendió el motor antes de dedicarle una fría mirada gris. Normalmente, sus ojos tenían un cierto tono azulado, pero aquel día reflejaban las nubes que cubrían el cielo.

–¿Qué? –rugió ella.

–Abróchate el cinturón.

–Vamos a dejar clara una cosa, hombre de las cavernas. Tal vez creas que el sitio de una mujer está en el asiento del copiloto o que no puedo ocuparme de nada sola sin que un hombre fuerte me ayude, pero, para que te enteres, no acepto que me des órdenes.

No obstante, una pequeña parte de ella sugería que Emmett podría ser el espécimen perfecto al que permitírselo.

Se tragó el resto del discurso sobre lo de ser una mujer adulta capaz de ocuparse de sus propios problemas principalmente porque le parecía que las dos cosas no eran del todo verdad. A pesar de que siempre había intentado no implicar a su familia en su vida, de algún modo había terminado consiguiendo todo lo contrario. Sus padres, Chase, Penelope, Zach y, además, Emmett.

Enojada más consigo misma que con él, se puso a mirar en silencio por la ventana mientras el todoterreno echaba a andar.

Capítulo Dos

Stef se había acostado tarde la noche anterior. Después, había estado mirando al techo durante mucho tiempo, pensando en su situación.

Estaba cansada de ser el problema de todo el mundo. No bastaba con decirles a sus padres y a sus hermanos que era una mujer adulta. Tenía que demostrarlo y, para demostrarlo, tenía que ocuparse personalmente de la situación de Blake.

Penelope estaba capacitada para ocuparse de cualquier desastre en el mundo de las relaciones públicas, pero, cuanto más lo pensaba Stef, más le parecía que el plan de Pen de esperar a ver qué pasaba era una solución algo lenta. Quedaban menos de seis meses para la posible reelección de Chase y Stefanie se negaba a continuar arrastrando el apellido de su familia por el fango.

El otoño pasado, Chase le había dejado bien claro que no hacía responsable a Stef de su pequeño acto de indiscreción con Blake. Sin embargo, a pesar de que él la hubiera absuelto, la culpabilidad seguía presente.

El hecho de que Blake ejerciera tanto poder sobre ella la enojaba. Se negaba a permitir que él le hiciera perder ni un minuto más de sueño. La noche anterior, mientras miraba el techo de su apartamento, había decidido que no permitiría que Blake tuviera tanto poder ni sobre ella ni sobre su familia.

Recordó las palabras de Penelope.

«Si no fueras mi cuñada, te aconsejaría que te casaras».

¿Por qué no? No debería importar que Stef fuera su cuñada o no. ¡Una solución era una solución! En ese momento, Stef decidió que tendría que encontrar rápido alguien con quien casarse.

No estaba segura de lo que diría ni cómo lo haría, pero había empezado a buscar entre sus contactos. Cada posibilidad parecía peor que la anterior. Leyó los nombres de antiguos novios, ligues y conocidos. Ninguno de ellos parecía adecuado para casarse con él, ni siquiera temporalmente.

Por otro lado, necesitaría que su novio mantuviera en secreto el propósito de aquel matrimonio. El motivo para hacerlo sería convencer a la prensa y a aquella horrible bloguera de que Stefanie no tenía relación alguna con Blake. Así, Blake tendría que tragarse sus palabras.

Tras pensarlo durante un tiempo, decidió que el anuncio de un compromiso parecería una salida desesperada que, además, le daba a Blake mucho margen de maniobra. Ella no podía arriesgarse a que volviera a entrometerse en su vida familiar.

Cuando la fatiga por fin la venció, se tumbó en el sofá, se cubrió con una manta y consiguió encadenar tres horas de inquieto sueño.

Cuando Emmett llamó a la puerta, le pareció demasiado temprano, a pesar de que ya estaba preparada. Se había recogido el cabello en lo alto de la cabeza, se había maquillado ligeramente y se había puesto unas enormes gafas de sol para que, si conseguían robarle una fotografía, no pareciera que se había pasado una noche sin dormir.

A pesar de que había conseguido que todo el mundo creyera que se marchaba de vacaciones con sus amigas,

Stef no se iba de fiesta. Iba a organizar una enorme cena de Navidad para algunas de las familias más pobres de Harlington, una pequeña ciudad cerca de San Antonio.

Durante las tres últimas Nochebuenas, había celebrado cenas similares y, hasta aquel momento, había conseguido mantenerlo en secreto. No quería publicidad ni atención sobre ello, al menos por el momento. Quería hacerlo a su manera, sin que ningún miembro de su familia la ayudara a organizarlo.

Dar a los menos afortunados le proporcionaba una sensación de satisfacción que no había conocido hasta entonces. Para Stef, aquella cena era mucho más que extender un cheque. Ella misma había viso la gratitud y la felicidad en los rostros de las mujeres, los hombres y los niños que, de otro modo, no habrían podido disfrutar de una feliz Navidad.

Ocultarle a su familia lo que hacía no le había resultado difícil, pero sí ocultar su identidad a los asistentes. Por suerte, hasta aquel momento, nadie la había reconocido. Era muy conocida en la alta sociedad de Dallas, pero para la gente trabajadora de las ciudades más pequeñas, se trataba simplemente de una joven que quería ayudar.

Su objetivo era conseguir que el evento fuera más grande al año siguiente, lo que significaría que tendría que revelar su verdadera identidad para expandir la ayuda y darle la atención que se merecía. Sin embargo, no podría hacerlo mientras siguiera viviendo a la sombra de los Ferguson o andando de puntillas alrededor de la figura de su hermano y de su carrera política.

Revelar su identidad significaría también que tendría que retocar un poco su propia reputación antes de las Navidades del año siguiente.

–¡Voy! –exclamó cuando Emmett volvió a llamar a la puerta.

Fue corriendo y la abrió. Sin embargo, en vez de hacerlo pasar, fue ella la que salió al exterior a pesar del frío.

–¿Es nieve? ¡Dios mío! ¡Es nieve!

No era frecuente que nevara en Texas.

–Sí… Eh, ¿dónde vas?

Stef no le hizo caso y se alejó de la casa. La nieve no estaba cuajando, pero los copos eran lo suficientemente grandes para llenar su corazón de alegría. Cada delicado copo le recordaba que su época favorita del año había llegado por fin.

–Es precioso…

–Es húmedo y poco conveniente.

Stef frunció el ceño.

–Es mágico y me niego a que tú me hagas sentir mal al respecto.

Le dio una palmada en el ancho torso y lo apartó. No iba a consentir que Emmett Keaton le arruinara el día.

–En ese caso, me limitaré a tomar estas maletas mágicas y a llevarlas a mi místico todoterreno para esperar a que tú bajes flotando cuando quieras –le dijo mientras tomaba el equipaje

Stef comenzó a tararear un villancico para contrarrestar la negatividad de Scrooge Keaton. Tomó su termo de café de debajo de la cafetera y le puso la tapa. Tal vez tenía que pasar varios días con él, pero, afortunadamente, el trayecto en coche solo era de cuatro horas. ¿Cuánto daño podría hacerle él en cuatro horas?

Primera hora

–Nada de música navideña.

–Eso es inhumano.

Stef apretó el botón de la radio para encenderla y Emmett la apagó con el que tenía en el volante.

–¿Me puedes explicar cómo es posible que vaya de camino a una fiesta de Navidad, a la que, por cierto, tú te has ofrecido a llevarme, y no se me permita escuchar música navideña durante el trayecto?

–Es mi coche y yo pongo las reglas.

–Eso es retórica. No seas gruñón –replicó ella. Volvió a poner la música, pero Emmett volvió a apagarla–. ¿Y si el volumen es muy bajo?

Emmett no apartó los ojos de la carretera.

–Está bien. En ese caso, hablaré –dijo mientras se aclaraba la garganta–. Me he comprado un vestido para la exposición de arte que mi madre va a celebrar el mes que viene. Es azul y brillante y me va perfectamente con los zapatos que me he comprado en…

Emmett suspiró y terminó poniendo la radio. Puso el volumen muy bajo, pero, a pesar de todo, Stef lo consideró una victoria.

Segunda hora

–No veo por qué no podemos parar en un restaurante decente y pedir que nos preparen la comida para el camino –dijo ella sujetando la bolsa de un restaurante de comida rápida entre el dedo índice y el pulgar mientras observaba las manchas de grasa que habían logrado atravesar el papel–. En esta bolsa, hay aproximadamente un millón de calorías. Si voy a consumir un millón de calorías, es mejor que sea comida gourmet.

Emmett metió la mano en la bolsa y sacó una hamburguesa con queso. Ella vio cómo la desenvolvía y le daba un enorme bocado. Como para eso necesitaba las dos manos, sujetó el volante con la rodilla. Era tan corpulento que, con solo levantar un poco la rodilla, sin mover el pie del suelo, conseguía mantener el coche perfectamente posicionado en el centro de su carril.

Aquel gesto le resultó a Stef irritante y sexy a la vez. ¿Por qué tenía que ser Emmett tan capaz para todo?

Ella revolvió en su bolsa y sacó una hamburguesa de pescado, que era lo que tenía menos calorías de todo el menú. Estaba aplastada y tenía el queso pegado al envase de cartón en vez de al pan.

–Genial.

Emmett volvió a meter la mano en su bolsa y sacó las patatas fritas. Como aún tenía la hamburguesa en una mano, se colocó las patatas fritas entre los muslos y se metió tres o cuatro en la boca.

Stef había estado toda su vida rodeada de hombres fuertes. Su padre, sus hermanos… Emmett compartía con ellos los mismos rasgos, pero venía en un envoltorio menos refinado. Vestía bien, pero, a pesar de eso, tenía un punto de tosquedad. Eso molestaba a Stef.

«Te molesta porque te resulta atractivo».

¿Igual que le había resultado atractivo Blake? ¿Igual que le habían resultado atractivos otros hombres que también habían sido un error?

Le dio un bocadillo a su hamburguesa y miró con anhelo las patatas fritas que él tenía entre las piernas.

–¿Ves algo que te guste? –le preguntó mientras arrugaba el papel de la hamburguesa y lo echaba a la bolsa vacía.

Stef apartó rápidamente la mirada y se sintió alarmada al ver que él estaba sonriendo.

–No. Claro que no –dijo con muy poco fervor.

Emmett siguió sonriendo. Sin apartar los ojos de la carretera, le ofreció la caja de patatas fritas.

Stef tomó tres patatas, y se recordó que aquel hombre atractivo y mandón que estaba al volante era tan malo para ella como aquella comida.

Tercera hora

Emmett miró a Stefanie, que estaba mirando ansiosamente el teléfono. Llevaba así ya varios kilómetros. ¿Qué demonios era lo que estaba haciendo?

–Te vas a marear –le dijo.

Sintió que ella lo miraba. Ojos grandes e inocentes. La única hija de los Ferguson no era ingenua o inmadura. Era testaruda y obstinada y Emmett lo sabía por experiencia, dado que él tenía montones de dichos atributos. Sin embargo, cuando pertenecían a una mujer, la gente la consideraba una persona banal e insulsa que no acarreaba más que problemas. Francamente, eso le enojaba. Debía de ser inmune a lo que la gente decía sobre ella. Jamás se quejaba de su imagen pública ni trataba de pasar desapercibida porque los medios hablaran de ella.

–Tú ocúpate de lo tuyo, que yo ya me ocupo de lo mío –replicó ella.

Muy a su pesar, Emmett sonrió. Lo suyo era llevarla desde Dallas a San Antonio para que pudiera divertirse con sus amigas mientras lo ignoraba a él.

Miró por el retrovisor y vio el mismo coche oscuro del que ya se había percatado antes. Estaba unos cuantos coches detrás de ellos. No era tan paranoico que pudiera estar convencido de que los estaban siguiendo. Después de todo, estaban en una autopista y todos los coches se dirigían en la misma dirección. Sin embargo, tampoco podía dar por sentada la seguridad de Stef.

Llevaba ya dos años cuidando de ella, por lo que suponía que esa era la razón por la que se había ofrecido como sacrificio humano en vez de obligarla a que cambiara de planes.

Una nueva mirada por el retrovisor le permitió comprobar que el coche negro se había colocado en el mismo carril que él, para luego desaparecer detrás de otro vehículo.

Aún, era pronto para estar seguro, pero estaría pendiente.

Cuarta hora

Stef dejó de mirar la agenda. Había estado buscando desesperadamente un hombre con el que poder casarse para salir del apuro, pero aquello estaba resultando ser una tarea imposible.

Sus ojos se detuvieron en un nombre que no había considerado antes. Parpadeó. Pensó en lo que sabía sobre aquel hombre y se preguntó si podría adjudicarle el papel de posible esposo durante un tiempo.

Emmett Keaton.

Arrugó la nariz. Sin embargo, no logró experimentar el rechazo que esperaba sentir.

Stefanie Keaton.

En un principio, la idea le pareció una locura, pero, cuando empezó a pensarlo un poco más, resultó que no lo era tanto.

Emmett no sentía ninguna simpatía por ella ni Stef por él. Dar por concluido el matrimonio cuando llegara el momento sería tan natural como respirar para ellos.

Buscó «licencias de matrimonio en Harlington» en su teléfono y Google le proporcionó un sitio web. En realidad, no había mentido en lo de ir a San Antonio. La pequeña localidad estaba situada a unos treinta minutos de San Antonio. Si le hubiera dicho a Chase que iba allí para ver a sus elegantes amigas, él habría sabido que estaba tramando algo.

Aún no se lo había dicho a Emmett, pero no estaban lo suficientemente cerca como para llegar al desvío. Faltaban unos treinta kilómetros.

Se centró de nuevo en el asunto que tenía entre manos: su boda con Emmett.

La licencia de matrimonio tenía un tiempo de espera de setenta y dos horas. Si la solicitaban aquel mismo día… Contó los días con los dedos. Podrían casarse en Nochebuena. La cuestión era si podría encontrar a alguien que los casara en el último minuto de un día tan señalado.

Abrió su correo y buscó la dirección de la mujer que dirigía el pequeño hotel donde había hecho la reserva.

Hola, Margaret:
¿Conoces a alguien que pueda casar a una pareja el día de Nochebuena?

Se puso a mirar por la ventana, considerando la hora de la cena benéfica. Esta se iba a celebrar a las seis e incluso tras haber terminado de recogerlo todo, habría salido de allí a las diez en punto. Cuando regresaran al hotel, se cambiaran para ponerse el atuendo con el que fueran a casarse y todo lo demás, eso significaría…

Sería preferiblemente a medianoche. Justo cuando la Nochebuena da paso al día de Navidad.

Sonrió y terminó el correo. Casarse a medianoche el día de Navidad. ¿Podría ser más perfecto?

Miró de reojo a Emmett y frunció el ceño. Tal vez decir que sería perfecto era una exageración. Esperaba que él pudiera poner una expresión más agradable que la que usualmente tenía para las fotos.

Debería asegurarse de que Emmett no tenía una esposa secreta o que no estuviera saliendo con alguien. Emmett mantenía muy en secreto su vida privada. Ella solo lo conocía en relación con el trabajo con Chase.

—¿Sales con alguien?

Emmett giró la cabeza con un gesto de incredulidad en el rostro.

—¿Cómo has dicho?

—Salir. Que si sales con alguien.

Stef vio cómo él se rebullía con incomodidad en el asiento.

—Mujeres. Hombres. Alguien.

—Mujeres —afirmó él frunciendo aún más el ceño.

—¿Y estás saliendo con alguna ahora mismo?

Emmett guardó silencio.

—¿Por qué? —preguntó al fin.

A Stef le pareció demasiado pronto para decirle que quería casarse con él. Tendría que ir poco a poco.

—Solo estaba tratando de entablar conversación. Nunca he te veo con nadie cuando vas a un evento.

—Es trabajo para mí.

—No creo que puedas estar trabajando todo el tiempo.

—Claro que puedo. Eso es lo que hago.

Así no iba a llegar a ninguna parte.

—Tu cabeza tiene una forma perfecta. No todo el mundo puede llevar el cabello tan corto.

–Seguimos con la profunda charla del coche.

–Es solo un comentario. Estoy segura de que puedes encontrar pareja, aunque tu personalidad sea básicamente de las peores.

Emmett pareció estar a punto de soltar una carcajada, pero no lo hizo. Stef sí sonrió. Le gustaban los desafíos.

–Entonces, ¿sales con alguien?

–No tanto como tú.

Stef prefirió ignorar aquel comentario.

–¿Estás viendo ahora a alguien?

–Sí. A ti. Exclusivamente.

Emmett no apartó los ojos de la carretera, por lo que no vio cómo ella se mordía el labio inferior. Stef decidió que aquella iba a ser su mejor oportunidad.

–Hablé con Penelope sobre cómo manejar este asunto con Blake. ¿Sabes lo que me dijo?

–¿Que te mantuvieras al margen y dejaras que ella hiciera su trabajo?

Eso fue precisamente lo último que le dijo, pero no era adónde Stef quería llegar.

–Me dijo que, si yo fuera otra persona, me sugeriría que me casara.

–Supongo que te sugeriría que fingieras estar casada –repuso él.

–No. Me sugeriría que me casara de verdad. Las licencias de matrimonio son públicas. Cualquier periodista podría verificar si era cierto o no.

Emmett guardó silencio.

–He estado mirando en mi agenda para buscar a un posible candidato, pero no ha habido suerte. Casi he llegado a la mitad del alfabeto.

Emmett cambió de carril. Frunció el ceño aún más.

–Vas a tener muchas arrugas cuando seas viejo, porque no haces más que fruncir el ceño. ¿Sabías que…?

–¿Hacen falta más músculos para fruncir el ceño que para sonreír? Sí, ya lo sabía.

–Bueno, como te iba diciendo, cuando encuentre a mi futuro esposo, el matrimonio solo tendrá que durar hasta las elecciones. Cuando Chase salga reelegido como alcalde, se podrá anular la boda sin perjuicio alguno para nadie.

Transcurrió un minuto en el más completo de los silencios, que tan solo se rompió por la canción navideña de Mariah Carey que empezó a sonar en la radio. Emmett la apagó con el botón que tenía en el volante.

–Tienes que tomar esta salida para ir adónde vamos.

–No lo creo.

–Yo sí lo creo –le dijo ella mientras le mostraba el mapa que tenía en el teléfono.

–¿Dónde está eso? –preguntó él mientras cambiaba de nuevo de carril.

–Mentí sobre San Antonio. Vamos a una ciudad que se llama Harlington. Está a las afueras de…

–Sé dónde está Harlington –repuso él sombrío.

–¿Sí?

Stef había asumido que él provenía de una familia acaudalada de Dallas, igual que ella. Al menos, clase media alta.

–Aquí es. Esta salida –anunció ella mientras colocaba el teléfono en el salpicadero–. Desde aquí, toma la dirección de…

–Sé leer el mapa, Stefanie.

«Sí, seguro que, si le pido que se case conmigo, me va a decir que sí enseguida», pensó ella.

Esperó unos cuantos minutos más antes de volver a

28

encender la radio. Evidentemente, la canción de Sting no le causó al conductor tanto rechazo.

Una notificación de correo electrónico le iluminó la pantalla del móvil. Abrió la bandeja de entrada para leer la respuesta de Margaret.

¡Sí!

Esa fue la exuberante respuesta de Margaret. Resultó que su hijo podía oficiar bodas y estaba disponible para una ceremonia a medianoche. Margaret le describió con detalle las hermosas decoraciones que había puesto en el salón de su antigua casa victoriana.

Stefanie respondió brevemente.

En estos momentos estoy trabajando en la licencia de matrimonio.

Emmett no sabía que la dirección que ella había marcado en su mapa era la del ayuntamiento de la localidad.

Capítulo Tres

–¿Qué edificio? –preguntó Emmett mientras se abría paso entre el tráfico del centro de Harlington.

Conocía la ciudad. De hecho, se había criado no muy lejos de allí. Antes de que se escapara para poder ir a la universidad. Antes de que el destino lo hubiera colocado en lá misma fiesta de fraternidad que a Chase Ferguson.

Desde ese momento, el mundo de Emmett se había dividido. Dejó atrás su vida anterior como chico solitario de un hogar vacío. Dejó también la universidad y no terminó sus estudios, pero su padre no lo supo nunca. Van Keaton estaba cumpliendo su propia condena de pena desde la Navidad que les robó a Emmett y a él lo que más querían.

Desde entonces, Emmett había tomado la determinación de hacer el bien. Además de trabajar con Chase como jefe de seguridad, Emmett había aprendido a invertir. En realidad, se había limitado a imitar las costumbres financieras de su amigo, había leído todos los libros que Emmett le había recomendado y había conseguido vivir del modo en el que vivía en aquellos momentos. Todo gracias a los Ferguson.

Su trabajo era lo que le daba la vida. Tenía a los Ferguson, que habían ocupado el lugar de la familia a la que casi nunca veía. Su padre era un hombre solitario decidido a dejarse llevar por su propia tristeza, por lo que Emmett le dejó a su aire. Jamás iba a casa cuando tenía vacaciones. Van no se las tomaba. Ya no.

Y Emmett tampoco.

–¿Dónde diablos está ese hotel? –le preguntó.

–Primero tengo que parar en el ayuntamiento –respondió ella mientras le dirigía hasta un alto edificio de ladrillos.

–¿Para qué? –quiso saber él mientras entraba en un aparcamiento al aire libre.

Cuando Stef se quitó el cinturón sin responder, él se lo agarró.

–Sé que piensas que la idea de casarse con alguien suena…

–Es una locura –concluyó él la frase.

–Piénsalo, Em. Blake no tendrá nada en lo que apoyarse. Me niego a seguir permitiendo que él utilice un error que yo cometí en el pasado en contra de mi familia.

Cada vez que se la imaginaba con aquel tipo, la sangre le hervía.

–Fue la peor equivocación de toda mi vida.

–Enorme –asintió él.

El rostro de Stef reflejó una profunda culpabilidad. Emmett no debería haberle dicho eso. Blake era un depredador y una persona muy egoísta. Cuando Chase descubrió que su hermana se había acostado con ese cerdo, su reacción había sido muy parecida a la de Emmett. Emmett le habría castrado encantado.

–Hay cosas peores en la vida –le dijo a Stef–. Confía en mí.

–Anoche estuve despierta durante horas tratando de encontrar a un posible candidato para casarme con él, pero, después de examinar cuidadosamente mis contactos, no encontré a nadie. Decidí volver a mirar hoy por si se me había pasado alguien por alto y, entonces, encontré un posible candidato…

Emmett la miró sin saber por qué a ella le parecía que era la mejor manera de solucionar aquel asunto.

—Y encontré el único nombre de mi agenda a quien mi hermano le importa lo suficiente como para estar de acuerdo con mi plan.

El rostro de Stef adquirió una expresión de ternura. Stefanie nunca le había mirado antes de aquella manera.

—Tú —anunció ella por fin.

—¿Yo qué? —preguntó en voz muy alta.

—Tú eres el único hombre que sería discreto y podría dejarse llevar por mi plan. Dado que no tienes novia, prometida o esposa…

—¿Creías que tenía esposa?

—Hay que esperar setenta y dos horas, por lo que tenemos que solicitar la licencia hoy mismo. Así, nos podremos casar en Nochebuena después de mi… mi fiesta con mis amigas.

—Olvídalo.

Emmett puso marcha atrás para salir del aparcamiento cuando la mano de Stef, sus fríos y delicados dedos, le rozaron suavemente la suya.

Aquel contacto le resultó completamente ajeno, como lo eran la mayoría de los contactos físicos para él, pero, al mismo tiempo, muy familiar, de un modo que no era capaz de comprender. Tal vez era porque la conocía desde hacía tanto tiempo. Aparte de Eleanor Ferguson, la madre de Stef, ella era la única figura femenina constante a lo largo de su vida desde que era un niño muy pequeño.

—Lo tengo todo calculado. Lo único que tienes que hacer es aceptar y sonreír a la cámara para que yo pueda tomar unas cuantas fotos y filtrarlas a la prensa. Ya está. Solo esas dos cosas.

—¿Y te parece poco? —le preguntó él con incredulidad—. Estás sugiriendo que nos casemos, Stef. Esa es una decisión muy importante.

—La finalidad de todo esto es fastidiar el plan de Blake y salvar la campaña de Chase. Se trata de algo noble. Estarías haciendo un deber cívico.

—Tiene que haber otra manera

Era una locura. No podía aceptarlo. Entonces, ¿por qué lo estaba empezando a considerar?

—Bueno, supongo que podría pagar a alguien para que se casara conmigo.

—De ninguna manera.

La ira se apoderó de él con solo pensar que ella se estaría vendiendo al mejor postor. La idea de que alguien pudiera volver a aprovecharse de Stefanie le aceleró los latidos del corazón hasta niveles peligrosos.

—Escúchame. Es un plan perfecto. Podría cambiarlo todo para mí. ¿No has querido alguna vez volver atrás en el tiempo y evitar que una tragedia pudiera suceder?

Stef se apartó el cabello rubio de su dulce rostro. Por supuesto que Emmett había fantaseado con lo de volver atrás en el tiempo. Habría querido volver atrás para que su infancia hubiera podido ser muy diferente.

—Sí —respondió él con sinceridad. Stef sonrió, pero el gesto desapareció cuando él volvió a hablar—. Entonces, me hice mayor y aprendí que lo hecho, hecho está. No hay vuelta atrás. No hay nada que pueda cambiar una tragedia.

Ella apretó los dedos de Emmett como si le estuviera dando ánimos por la trágica noche en la que la vida de Emmett y la de su padre cambiaron para siempre. Ella no tenía ni idea de lo que le había ocurrido a él y a su familia. Nadie, salvo Chase, lo sabía.

–Ayúdame, Emmett. Te lo suplico –dijo ella. Contra su voluntad, aquella súplica pareció arraigarle en el pecho–. Ya sabes que, si tengo que suplicar, es algo importante. Solo te tengo a ti.

Resultaba extraño escuchar aquellas palabras en labios de Stef en cualquier contexto, pero en especial en el que le estaba pidiendo matrimonio.

–No pienso entrar ahí –le dijo. Stefanie se desmoronó–, a menos que me expliques con todo detalle cuál es tu plan.

Treinta minutos más tarde, Stefanie salió del ayuntamiento con su prometido. Su enorme, fuerte, silencioso y ceñudo prometido.

–Allí.

Stef señaló una joyería y se dirigió hacia ella.

Una alegre campanilla tintineó en cuanto abrió la puerta de la joyería. Emmett no tardó en alcanzarla, pero su expresión parecía tan inescrutable como lo había sido cuando solicitaron la licencia de matrimonio.

–Hola –dijo la dependienta mientras examinaba a los recién llegados–. ¿En qué puedo ayudarles?

–Estamos buscando alianzas de boda. Y un anillo de compromiso.

–Enhorabuena.

–Gracias –repuso Stef mientras miraba a Emmett por encima del hombro. Él seguía junto a la puerta.

Ella sacudió la cabeza y abrió los ojos para indicarle que se acercara. Emmett lo hizo, aunque de mala gana, mientras la dependienta los llevaba a una vitrina llena de resplandecientes anillos de diamantes. Sacó una bandeja que contenía las alianzas de platino a petición de Stefanie. Ella se inclinó para observarlos.

–Son preciosos.

Tomó uno de talla princesa, pero antes de pudiera levantarlo de la bandeja de terciopelo, Emmett la obligó a soltarlo y sacó uno con un trío de diamantes con talla marquesa.

–Excelente elección –le elogió la vendedora–. Es un engaste antiguo. Lo trajo ayer una mujer cuyo marido falleció hace diez años. Estuvieron casados cuarenta y ocho años y ella no tenía hijos a quien dejárselo. Me dijo que su matrimonio había sido muy feliz, pero que iba a volver a casarse y que le parecía mal quedase este anillo. Por eso, se le ocurrió traerlo aquí y permitir que otra pareja le diera una nueva vida durante otras cuatro décadas o más –añadió mirando a Emmett y luego a Stefanie–. Los dos parecen lo suficientemente jóvenes como para llegar a los cuarenta y ocho años de casados.

Aquellas palabras produjeron en Stef un sentimiento agridulce, dado que sabía que su matrimonio con Emmett ni siquiera duraría hasta el verano.

–Pruébeselo –le dijo la vendedora a Emmett guiñándole un ojo–. Practique para el gran día.

Emmett tomó la mano izquierda de Stef. El anillo pareció atorarse entre sus torpes dedos.

–Tal vez ese anillo no sea el adecuado –dijo mientras trataba de retirar la mano. Pero antes de que pudiera hacerlo, Emmett se lo colocó en el dedo, donde se le ajustó tan bien que parecía haber sido hecho para ella.

–Es perfecto –dijo Emmett con voz ronca y un cierto tono de sorpresa.

–Es precioso –afirmó la vendedora mientras tomaba la mano de Stef y la orientaba hacia la luz.

Era muy bonito. Y Emmett estaba en lo cierto. Era perfecto. La vendedora le entregó la alianza a juego y él se lo colocó en el dedo. Una vez más, parecía haber sido hecho para él.

—Tenía que ser —comentó la vendedora encantada.

—Pagaremos en efectivo —dijo Emmett mientras se sacaba el anillo del dedo y lo dejaba sobre el mostrador.

Stef hizo ademán de sacarse el monedero del bolso.

—Espléndido. Voy a por unas cajas.

La dependienta desapareció en la trastienda con los anillos en la mano.

—Yo los pagaré —dijo Stef.

—De eso nada.

—Em…

—Permíteme.

Emmett le agarró la mano donde ella tenía puesto el anillo de compromiso. La palma de su mano era grande y cálida. Stef sintió que una agradable calidez se apoderaba de su corazón y le hacía sonrojarse.

Sin saber qué decir, dejó que Emmett se hiciera cargo de la compra.

Emmett se negó a lo de ir a comprar la ropa. Solicitar la licencia de matrimonio e ir a comprar los anillos que se intercambiarían durante la boda ya había sido lo suficientemente surrealista. Si Stef añadía el vestido de bodas, Emmett tendría que visitar al psiquiatra.

Acceder al descabellado plan de Stef tendría dos puntos positivos: terminaría con la amenaza a la campaña de Chase y mantendría a Stef alejada de las garras de exnovios sin escrúpulos. Emmett no podía aceptar la idea de que ella se rebajara para ofrecerse a otro hombre que, probablemente, tendría los ojos puestos en la fortuna de los Ferguson. Sobre todo, porque él era perfectamente capaz de ocupar el papel de marido temporal.

A los Ferguson no les iba a gustar, pero a Emmett no le importaba. Stefanie lo necesitaba y, del mismo modo que llevaba protegiendo a la familia desde que Chase lo contrató para su equipo de seguridad, la protegería a ella. Stef no necesitaba que se interpusiera entre ella y una bala. Tan solo que pronunciara unos votos que serían temporales para ambos.

–Ahí está –dijo Stef. Estaba señalando a través de la ventana del coche un alto edificio de estilo victoriano–. Es tan bonito como las fotos que tienen en la página web. La dueña se llama Margaret Lawson –añadió ella mientras Emmett aparcaba el coche y los dos se dirigían hacia la entrada principal. Stef tocó el timbre–. Su hijo es el que va a oficiar nuestra boda. Me temo que tendremos que compartir habitación. De otro modo, resultaría raro.

–No. No quisiera resultar raro –comentó él.

Vio el anillo de compromiso cuando Stef se quitó el guante. El anillo que él le había puesto. Era como si ella le perteneciera para que la cuidara y la protegiera.

Una alegre pelirroja fue a abrir la puerta.

–Tú debes de ser Stefanie. Y este es tu…

–Emmett Keaton –dijo él mientras extendía la mano a modo de presentación.

–Encantada. Vuestra habitación ya está lista.

–¿Hay algún sofá o una cama supletoria en la habitación? –preguntó él de repente. Al ver que la sonrisa de Margaret desaparecía rápidamente, se apresuró a arreglarlo–. Es que doy muchas vueltas en la cama. No me gustaría que mi futura esposa no pudiera descansar bien.

La mujer los miró, atónita.

–Bueno, hay un canapé –respondió Margaret–, pero es muy pequeño.

–Nos arreglaremos. Gracias, Margaret –replicó Stef–. Cielo, ¿quieres ocuparte del equipaje?

Emmett sabía captar una indirecta. Se excusó para regresar al todoterreno mientras Stefanie seguía a la dueña del hotel hasta la habitación.

Por supuesto, todo aquello había sido idea de ella, pero, ¿no podía Emmett al menos fingir que ella le gustaba? Primero, le espetó que ella estaba loca por haber sugerido un matrimonio de conveniencia. Después, le había pedido a Margaret una cama aparte…

Emmett entró en la habitación y dejó el equipaje. Varias maletas y bolsas para ella, una solo para él.

–¿Tienes algún traje o corbata en tu bolsa?

–Tengo más de lo que me ves puesto –respondió él mientras se quitaba el abrigo para revelar su camisa blanca y pantalones oscuros de siempre. Su corpulencia pareció llenar la habitación.

Stef sacó su ordenador y metió la contraseña.

–Te buscaré un esmoquin de alquiler.

–¿Qué es lo que pasa?

Stef se había sentado en la cama. Con voz firme, pero suave, le dijo exactamente lo que pasaba.

–Esto no va a funcionar a menos que finjas que te gusto. Yo he estado tratando de mostrarme cordial, pero tú has fallado. Después de acompañarme a la habitación, Margaret me golpeó cariñosamente el brazo y me dijo que los hombres siempre se comportan de un modo raro antes de la boda y que no me tomara a pecho tu actitud.

–No creo que eso le importe a ella.

–No me puedo creer que no estés comprendiendo lo que te quiero transmitir –le espetó ella. Cerró los ojos y respiró profundamente–. Necesitamos que todo el mundo se crea esta farsa, porque, si no, se correrá la voz de que todo es falso. Eso le dará a Blake más munición para que arruine mi reputación.

–¿Y qué me sugieres que haga, Stef? ¿Que te siga como un perrito? ¿Que te dé la mano? ¿Que te bese en el cuello?

La idea de que Emmett le diera la mano o le besara el cuello, le produjo a Stef una cálida sensación por todo el cuerpo… y no en el mejor de los sentidos. Ella le había obligado ya bastante. No le podía obligar a tener una serie de reacciones con las que él no se sentía cómodo. Eso sería acoso sexual.

–Por supuesto que no –dijo ella levantando la barbilla mientras Emmett se acercaba a la cama.

Él se cruzó de brazos y la miró. Su presencia resultaba algo agobiante y tenía un efecto extrañamente sensual. Perpleja por la reacción que había tenido ante él, Stef prefirió cambiar de tema.

–Durante los dos próximos días, tengo muchas cosas que hacer. Tengo que comprarme un vestido para la boda y unos zapatos.

También tenía que ir al lugar en el que se iba a celebrar la cena benéfica para asegurarse de que todo iba saliendo según se esperaba. Los del servicio de catering empezarían a llevar mesas y sillas y había que decorar tres árboles de Navidad. Los voluntarios de la iglesia tenían que envolver los regalos para las familias.

–Necesito que me lleves en coche –añadió. Esperaba que él pusiera alguna objeción, pero Emmett asintió inmediatamente–. No te haré llevar esmoquin.

–De acuerdo.

–Genial.

–Estupendo.

Emmett contempló la cama donde ella se había sentado con las piernas cruzadas y después observó el diminuto canapé que había al otro lado de la habitación.

–Te puedes quedar con la cama –dijo ella–. Yo dormiré en el sofá.

–De eso nada –replicó él con una sonrisa. Los ojos se le iluminaron con una expresión jovial que desapareció rápidamente. Stef habría dado cualquier cosa por volverla a ver. Aquella sonrisa había transformado su rostro completamente–. Yo me quedaré con el suelo.

–Te quedarás frío.

–Sobreviviré.

Emmett se dirigió a la puerta y, cuando Stef le preguntó adónde iba, él se volvió.

–Tengo un saco de dormir en el coche, Stef. Deja de preocuparte por mí, ¿de acuerdo?

Entonces, cerró la puerta y se marchó.

Stef no se preocupaba por él, sino que tal solo estaba intentando que se sintiera más cómodo. Resultaba evidente que no lo estaba. En aquellos momentos, cuando estaban a punto de casarse, ella se sentía también muy incómoda por la repentina e íntima situación en la que se encontraba. ¿Cómo iba ella a poder enfrentarse al beso de después de la boda y al hecho de compartir habitación con él si apenas podía hablar con él cuando estaban solos?

Además, la cosa no terminaría en Harlington, sino que continuaría cuando regresaran a casa hasta que los dos, por fin, se divorciaran. ¿Qué harían hasta entonces?

Prefería no pensarlo. Se centró de nuevo en su ordenador y empezó a redactar una lista de las cosas que tenía que hacer antes de la boda. Después de unos minutos, se dio cuenta de que hasta lo más básico iba a suponerle mucho tiempo y esfuerzo.

Para poder sacar adelante una boda y una cena benéfica, tendría que delegar en alguien. Y solo había una persona en la que pudiera delegar.

Esa persona entró en la habitación con un saco de dormir debajo del brazo. No se había puesto el abrigo para salir, por lo que tenía el rostro enrojecido por el frío. Antes de que pudiera arrepentirse, le hizo la petición.

—Necesito que me ayudes con algunas cosas mientras estamos aquí. Si puedes sacar tiempo de tu trabajo.

—Mientras estemos aquí, tú eres mi trabajo —comentó él mientras cruzaba la habitación y dejaba el saco de dormir sobre el canapé.

Al estar de espaldas, Stef pensó que le costaría menos trabajo lo que iba a decirle. Pero, Emmett se dio la vuelta antes de que pudiera terminar. Stef tragó saliva.

—Tengo que decirte la verdad de nuestra presencia aquí.

—¿Quieres decir que hay más que el hecho de haberme acorralado para que me case contigo y cenar y divertirte con tus amigas en un sitio elegante?

Sin embargo, tenía que reconocer que aquella última parte no tenía mucho sentido. Estaban en Harlington, donde el restaurante más elegante era un Chili's.

—Estás bromeando conmigo. Eso es una novedad. Normalmente, no haces más que fruncirme el ceño.

Stef sonrió. Se reclinó sobre la cama. Los *leggins* que llevaba puestos hacían que las piernas parecieran muy largas, mientras que el enorme jersey rosa ocultaba sus delicadas curvas. Parecía cómoda y relajada, lo que resultaba tan alocado como el hecho de que Emmett estuviera sintiendo lo mismo.

Stefanie no sentía mucha simpatía hacia él. Emmett habría perdido cualquier apuesta que dijera que ella le sonreiría y, aún más, otra en la que se le dijera que ella le iba a proponer matrimonio. Aquella propuesta tenía muchas condiciones y era para un bien mayor, pero… ¿no deberían estar los dos más nerviosos?

Ella tomó un hilo del edredón en vez de mirarle a él.

–¿Significa esto que vamos a dejar de ser enemigos para convertirnos en amigos? ¿Que, algún día, yo podría ser algo más que un trabajo para ti?

Era imposible que Stef pensara eso. Emmett no la consideraba una enemiga. De hecho, le gustaba. Le preocupaba su seguridad.

–Solo te lo pregunto porque necesitamos que este matrimonio parezca real si queremos que vaya todo bien. ¿Qué tal actor eres?

Emmett arrugó el rostro al escuchar aquella pregunta.

–¿Me puedes dar la mano en público, abrirme la puerta? ¿Ser un caballero? No creo que el público pudiera creer que me he enamorado de un hombre que no hiciera esas cosas.

–¿Y a quién le importa lo que piense el público? –rugió él. Le dolía que Stef le acusara de no saber cómo tratar a una mujer. Estaba acostumbrado a proteger, a cuidar a otras personas.

–Si no puedes hacerlo por mí, hazlo por Chase –comentó ella, con gesto dolido.

¿De verdad pensaba Stef que la encontraba tan poco atractiva? Emmett no iba a defenderse en voz alta, pero lo que estaba haciendo, lo hacía por ella, para que pudiera ir a Harlington y hacer… lo que fuera que tenía que hacer.

–Me debes la verdad –le recordó. Sin embargo, cuando ella respiró profundamente, presumiblemente para empezar a hablar, Emmett levantó una mano–. Pero no aquí. Tengo hambre.

Stefanie nunca había puesto un pie en un restaurante de la cadena Chili's hasta aquella noche. No era que fuera demasiado buena para tomar comida de estilo mexicano, sino que no tenía muchas oportunidades de ir a una franquicia cuando había cientos de restaurantes auténticos entre los que elegir. Todos los hombres con los que había salido se habían esforzado por impresionarla con cenas que costaban cientos de dólares.

Cuando estuvieron acomodados ya en una mesa con sus bebidas, vino para ella y una cerveza para él, junto con un bol de tortillas calientes con un plato de salsa, Emmett le indicó que comenzara a hablar.

–Tú dirás.

–No he venido a Harlington para una fiesta con mis amigas.

–Ya me lo había imaginado –dijo él mientras mojaba en la salsa.

–Desde hace tres años, celebro cenas benéficas para familias que no se pueden permitir una Navidad –explicó. Tomó su copa de vino porque tenía la garganta seca–. Creo que lo haré público el año que viene y tal vez reclutaré a algunos duendes para que me ayuden a celebrar más de una cena. Lo que estoy diciendo es que este será el último año que pasaré en el anonimato.

Emmett guardó silencio. La observaba con ojos entornados. Stefanie comprendía perfectamente por qué.

Probablemente no entendía la razón por la que ella quería mantener en secreto una noble causa.

–Quería hacerlo sola –prosiguió–. Por si no lo has notado, mis padres y mis dos hermanos mayores no me dejan hacer muchas cosas sola. No quería la ayuda de nadie. Fuera un éxito o un fracaso, quería que toda la responsabilidad fuera mía. Ha sido un éxito. He contratado ayudantes para poder sacarlo adelante, pero yo hago la mayor parte del trabajo. Se me da bien organizar fiestas. Me gusta ese desafío.

Emmett mojó otra tortilla, tan impasible como si ella no hubiera dicho nada. O tenía demasiada hambre como para comentar nada o...

Bueno, no sabía de qué otra cosa podría tratarse.

–Di algo.

Después de un largo trago de cerveza, Emmett habló por fin.

–Organizas una cena de Navidad para personas sin recursos.

–Y regalos. Es simplificarlo un poco, pero sí. La idea de que un niño o una niña no tuviera ningún regalo en el árbol cuando se levantara, me hizo querer cambiar todo eso. Yo siempre he disfrutado de Navidades mágicas. No podía imaginarme que alguien no las tuviera.

Emmett asintió, pero su reacción no fue demasiado efusiva. Stefanie no buscaba halagos por su trabajo, pero había esperado una reacción más favorable. Siempre había dado por sentado que Emmett la consideraba una persona muy superficial y, por mucho que siempre había tratado de convencerse de que no le importaba lo que él pensara de ella, no era así. En lo más profundo de su corazón, le importaba mucho lo que la gente pudiera pensar de ella.

—Te alegrará saber que tu atuendo habitual para trabajar es aceptable para la cena.

—Yo no voy a ir.

Ella parpadeó.

—Eres mi prometido. Por supuesto que vas a ir. ¿Qué vas a hacer si no? Además, nunca sé qué clase de personas podrían presentarse, así que estaría bien que me estuvieras vigilando a mí y a los voluntarios. No te haré hablar con nadie. Puedes ser tan encantador y poco sociable como siempre.

Emmett se reclinó sobre su asiento y cruzó los gruesos brazos sobre su amplio torso.

—Me apuesto algo a que te gustaría. Resulta muy reconfortante dar a los que tienen muy poco cuando uno tiene mucho.

Dado que Stef lo estaba mirando muy fijamente, no se le pasó por alto que él fruncía el ceño. No lo comprendía. ¿Qué clase de persona no apoyaría una obra benéfica que hiciera disfrutar de la Navidad a los que menos tenían? ¿Se habría equivocado con Emmett? ¿Era de verdad la personificación del Scrooge que ella siempre había creído?

—De todos modos —añadió, cuando resultó evidente que Emmett no iba a decir ni una sola palabra—, ahora ya sabes la verdadera razón por la que estoy aquí. No estoy divirtiéndome con mis amigas, sino contigo.

Era como hablarle a una pared, una pared que no dejaba de comer.

—Estarías mucho más guapo si sonrieras más —comentó mientras pestañeaba suavemente, pero Emmett no sonrió—. Sí, eso tampoco funciona conmigo cuando me lo dice un hombre.

Tomó una tortilla y se encogió de hombros. Se rindió por fin.

Después de la cena, regresaron al hotel, donde al entrar, vieron a Margaret en la cocina. Estaba sirviendo sidra caliente en unos vasos.

–¡Emmett y Stefanie! –exclamó–. Llegáis justo a tiempo. Estaba a punto de llevar unas bebidas al salón. La chimenea está encendida, todo está muy decorado y estoy poniendo música navideña.

–¡Me parece maravilloso! –replicó Stef mientras aspiraba el aroma de la canela y el clavo calientes, con aroma de naranja y limón–. Voy a llevar mi bolso a la habitación y bajaremos enseguida.

Al empezar a subir las escaleras, ella se detuvo en el segundo escalón, alarmada al sentir la mano de Emmett sobre la parte inferior de la espalda. Se dio la vuelta y lo miro con curiosidad.

–¿No te parece que es un gesto caballeroso?

–A menos que estés tratando de sostenerme porque he tomado una segunda copa de vino, sí.

Sonrió y siguió subiendo las escaleras con la mano de Emmett sobre la espalda. Después, esta se deslizó suavemente hacia la cadera. Parecía que, después de todo, la había escuchado.

También le había abierto la puerta cuando salieron del restaurante y la puerta del coche a pesar de que la conversación en el restaurante había sido bastante unilateral. ¿Era porque era muy introvertido o porque no sabía cómo resultar simpático? No tenía ni idea de lo que le pasaba a Emmett, pero estaba cansada de tratar de averiguarlo.

Aquella noche, se limitaría a disfrutar de la sidra y de la Navidad delante de un buen fuego.

Al llegar a la habitación, se quitó el abrigo y lo colgó en la percha. Luego, dejó el bolso encima de la cama. Cuando se dio la vuelta, vio que Emmett se estaba desabrochando las botas.

–¿Por qué te estás descalzando? Vamos a bajar al salón.

–Yo paso.

–Emmett, estamos prometidos. La gente espera vernos juntos.

–La gente se cansa. Puedes decirles a todos que es eso lo que me pasa.

–Es una oportunidad perfecta para que practiques tratarme como si estuviéramos prometidos.

Emmett dejó escapar un gruñido y se acercó mucho a ella. Se desabrochó el cinturón sin dejar de mirarla a los ojos. Stef se lamió los labios. Prácticamente se le estaba haciendo la boca agua. Tuvo que contenerse para no mirar hacia abajo.

–¿Qué estás haciendo? –le preguntó cuando notó que se iba a desabrochar el botón del pantalón.

–Voy a darme una ducha y después me voy a ir a la cama. Yo no pienso bajar a tomar sidra.

Sin apartar los ojos de ella, comenzó a sacarse el cinturón del pantalón. Después, lo enrolló. Cuando hizo ademán de bajarse la cremallera, Stef cerró los ojos.

–¿No puedes esperar hasta que me haya marchado?

–¿No se supone que tenemos que practicar?

Stef abrió los ojos. Las mejillas se le habían ruborizado de… ¿Deseo? ¿Frustración? ¿Deseo frustrado?

Sin embargo, antes de que ella pudiera reaccionar, vio que Emmett sonreía.

–Pensaba que te gustaba cuando yo bromeaba.

–Bromas aparte –dijo ella, tras aclararse la garganta–, no hay necesidad de practicar la parte física.

–¿Estás segura? Después de darse el sí quiero, normalmente una pareja intercambia un apasionado beso.

–Estoy bastante segura de que podré superar la prueba de un casto beso marital, incluso contigo.

–Tú eres la jefa.

Emmett le miró los labios. El gesto resultó tan sensual como si, efectivamente, la hubiera besado.

–De acuerdo. Volveré dentro de una hora.

–Tómate tu tiempo.

Stef sacó la llave de la habitación del bolso y oyó cómo Emmett se quitaba los pantalones. Con las manos sudorosas, abrió la puerta y salió al pasillo. Cerró la puerta a sus espaldas. Bajo ningún concepto pensaba darse la vuelta y mirar si era un hombre de bóxer o calzoncillos.

De ninguna manera.

Capítulo Cuatro

Emmett estaba tumbado en el suelo. La delgada moqueta no le estaba haciendo ningún favor a su espalda y el saco de dormir no le resultaba cómodo después de un día en el que había estado conduciendo, comprometiéndose y viéndose abrumado por los recuerdos.

Stef se había marchado hacía ya más de una hora. Cerró los ojos y sacudió la cabeza. Deseó que ella regresara, aunque solo fuera para distraerle. Suponía que podía bajar al salón, pero después de haber descubierto la verdadera razón que la había llevado a Harlington, algo en su interior se había abierto para dejar escapar décadas y décadas de pensamientos tóxicos.

Emmett había formado parte de una de esas familias a las que ella iba a servir. Después de que su madre y su hermanito murieran, su padre dejó de trabajar. Habían recibido ayuda económica del estado y su padre había sido calificado como incapacitado tras un intento de suicidio.

Había sido una Navidad asquerosa.

Emmett se había esforzado mucho para escapar de su pasado y lo había hecho muy bien. Siempre trabajaba más de lo que se esperaba de él para asegurarse de que se ganaba cada centavo de su sueldo. Como su sueldo se lo pagaba Ferguson, no era de extrañar que el hecho de que Stef le dijera que había ido hasta allí para ayudar a los menos afortunado le hubiera escocido tanto. Como si él necesitara que ella le recordara que era mejor que él en todos los sentidos.

Desde que salió de la ducha, no podía dejar de pensar que, si Chase supiera quién era en realidad, ¿serían amigos? Emmett se lo había contado todo a su amigo, a excepción de los pocos ingresos que había tenido su familia. Tampoco podía dejar de preguntarse si Stef le habría sugerido lo de casarse con ella si hubiera sabido que, en el pasado, él podría haber sido uno de los invitados a sus cenas de caridad.

Toda aquella situación le provocaba náuseas. No podía escapar del sentimiento de pérdida que se apoderaba de él como el fantasma de Navidades pasadas.

—Maldita Navidad —susurró mientras se sentaba.

Se pasó una mano por el corto cabello y suspiró. Le resultaba imposible dormir, por lo que, vestido tan solo con los bóxer y una camiseta sin mangas, se levantó. Hacía mucho frío en la habitación. Se arrodilló para comprobar qué había en el minibar, mientras rezaba para que hubiera una de esas carísimas botellitas en miniatura que le ayudarían a relajarse. Nunca bebía para olvidar, pero, en aquella ocasión, serviría también para entrar en calor. No había nada de alcohol en el pequeño frigorífico.

El sonido de una tarjeta contra la cerradura de la puerta lo puso en estado de alerta. Stefanie entró en la habitación, sonriendo. Llevaba dos tazas con algo caliente.

—Esperaba que estuvieras despierto —le dijo con una alegre sonrisa. A pesar de la escasa luz que entraba en la estancia a través de las cortinas de encaje, Emmett vio que ella tenía las mejillas ruborizadas—. He hecho que Margaret caliente un poco más de esto y que le añada un chorrito de bourbon. Yo ya me he tomado uno —añadió sonriendo aún más.

Emmett se sintió mejor. Solo con que Stefanie entrara en la habitación, se iban todos sus demonios.

–Gracias –respondió mientras encendía una lámpara–. No hay nada de alcohol en esta habitación.

–Pues aquí tienes –comentó mientras le entregaba la taza, que iba también adornada con un poco de crema.

Emmett no estaba seguro de si aquel brebaje le ayudaría a mejorar su estado de ánimo, pero no perdía nada por probarlo. Stef dio un sorbo y se lamió la crema de los labios. Los dos fueron a sentarse sobre la cama al mismo tiempo.

–Lo siento –dijo ella.

–Siéntate –repuso Emmett. Él permaneció de pie.

Stef tomó asiento y golpeó suavemente el colchón con la mano para que él se sentara también. Emmett se lo pensó un instante antes de tomar asiento a su lado.

Ella se sentó de nuevo al estilo indio y agarró la taza con las manos.

–Me encanta estar caliente.

–En esta casa hay tantas corrientes que eso es un buen desafío. No he visto el termostato en la habitación.

–¿Hace frío en el suelo? –le preguntó. Emmett se encogió de hombros–. Podrías…

–No importa.

Fuera lo que fuera lo que ella iba a sugerirle, no se lo podía permitir. Stef no iba a dormir en el suelo ni él pensaba acomodarse en el minúsculo sofá.

Se bebió la sidra con cuidado de no quemarse.

–Margaret tiene decorada la chimenea con una guirnalda verde muy espesa y una cinta dorada y tiene por todas partes pequeños adornos que los niños le regalan todos los años –comentó ella muy alegre–. ¿No te gusta la Navidad?

–No –admitió él.

–¿Nada en absoluto?

–No.

–¿Por qué?

Emmett se volvió a mirarla y se quedó atónito al ver lo azules que tenía los ojos. Stefanie Ferguson era una mujer muy hermosa. Ya se había fijado antes, por supuesto, pero hasta aquel momento no se había permitido el lujo de mirarla de verdad.

–¿Acaso te ocurrió algo malo alguna vez?

–Sí –respondió él. Se aclaró la garganta y se puso de pie.

–¿Te gustaría hablar de ello?

Emmett la miró, consciente de que ella estaba totalmente vestida y él tan solo en ropa interior. Stef también se había percatado. Emmett vio cómo lo miraba de arriba abajo, deslizándole los ojos por el torso y más abajo.

Interesante… ¿Le había mirado Stef alguna vez de alguna manera que no fuera desdén?

–No es una historia muy feliz, Stef. Preferiría que siguieras pensando que la Navidad es mágica y maravillosa.

–No soy ninguna niña. ¿Por qué no admites que eres un cobarde por no querer compartir lo que te preocupa en vez de hablarme de mala manera?

Emmett suspiró y regresó a la cama. Tal vez Stef tenía razón.

La niña rica. El chico pobre. A ella la habían bendecido los dioses y la suerte de él siempre parecía estar a punto de agotarse. No hablaba de su tragedia familiar por muchas razones, siendo la más importante la costumbre de no hacerlo.

–Está bien. No me lo digas –dijo ella poniéndose de

pie. Sin embargo, antes de que se pudiera dirigir al cuarto de baño, Emmett le agarró la muñeca con los dedos.

Stef abrió los ojos de par en par.

—Lo siento —murmuró mientras levantaba las dos manos—. No quería…

En vez de terminar la frase, Emmett se pasó la mano por el corto cabello.

—Si de verdad lo quieres saber, te lo contaré.

Stef se cruzó de brazos y esperó. Nunca le había visto así. Por supuesto, no en calzoncillos, nunca lo había visto tan… agotado.

Sintió el deseo irracional de tocarlo, pero apretó los puños para no hacerlo. ¿Cómo era posible que no le gustara la Navidad?

—Hace mucho tiempo… —empezó él. Stef sintió que se le hacía un nudo en el estómago—. Yo… yo tenía seis años —añadió. Se frotó la nuca. Resultaba evidente que le incomodaba compartir su historia—. Mi padre y yo salimos, no recuerdo por qué. Puede que a comprar algo o a echar gasolina. Lo que estuviera abierto a las seis de la mañana del día de Navidad. Cuando regresamos, vimos que en nuestra calle había camiones de bomberos a ambos lados. La policía no nos dejaba acercarnos, por lo que mi padre se bajó del coche y se abrió paso entre la policía… La casa estaba destrozada. Ni mi madre ni mi hermano Michael, que era solo un bebé, consiguieron sobrevivir al fuego. Después nos dijeron que había sido causado por una instalación eléctrica defectuosa. La mitad de mi familia se fue por culpa de la chapuza de un electricista.

Stef dejó escapar una exclamación de horror.

—De ese día, no tengo muchos recuerdos. Más de lo que ocurrió en los años que siguieron. La tristeza se apoderó de nuestro apartamento. No se podía escapar de allí. Hasta que yo hui.

–¡Oh, Emmett! –exclamó ella sentándose de nuevo a su lado. Le agarró la mano con las suyas. Él se tensó a su lado. La expresión de su rostro era inescrutable.

Stef comenzó a deslizarle la mano por el brazo con la intención de conseguir que él entrara en calor. O tal vez para entrar en calor ella misma. Desde que Emmett le contó lo ocurrido, un frío gélido se había apoderado de él. Como si un fantasma hubiera entrado en la habitación.

Se echó a temblar.

–Como te he dicho, de eso hace ya mucho tiempo. De todos modos –dijo como si quisiera dar por terminada la conversación–, a mi padre nunca le gustó mucho la Navidad y a mí me pasa lo mismo. No me gustan las luces que decoran un árbol que puede resultar muy inflamable.

Stef le apretó con fuerza la mano.

–Fue una tragedia terrible, Emmett. Lo siento mucho.

–No suelo contarlo…

–Lo comprendo perfectamente –dijo ella. ¿Quién querría revivir tanto dolor?

Emmett le miró brevemente los labios y prendió una chispa en el aire que no debía estar presente después de que él hubiera compartido su triste pasado. A pesar de todo, ella repitió el gesto y observó la firme boca de él. La necesidad de reconfortarlo, y de reconfortarse a sí misma, empezó a flotar entre ellos. En aquella ocasión, Stef no pudo negarlo.

Con la mano que le quedaba libre, le rodeó el cuello y tiró de él. Emmett se resistió, pero solo brevemente. Se detuvo a una corta distancia de los labios de ella para murmurar una palabra.

–Eh…

Stef no sabía si lo que él quería decir era que era una mala idea o no, pero decidió no esperar para comprobarlo. Tocó los labios de él suavemente con los suyos. La boca de Emmett se frunció para devolver el beso. Stef cerró los ojos y sintió cómo él le apretaba la mano.

Sabía… maravillosamente. Era una deliciosa mezcla entre el sabor especiado de la sidra y el de un hombre fuerte y con el corazón roto que había mantenido ocultos sus sentimientos al mundo exterior.

Stef le agarró con más fuerza, colocando la cabeza en ángulo para poder acceder mejor a los labios de él. Cuando Emmett le soltó la mano para abrazarla, a ella le pareció que iba a deshacerse entre sus brazos. La lengua no tardó en salir a participar y se enredó con la de ella en una danza prohibida y sensual.

Stef le agarró la camiseta y tiró hacia arriba para poder tocarle los firmes abdominales. Como respuesta, Emmett le levantó el jersey y comenzó a acariciarle la cintura. Una exclamación de pura necesidad se escapó de los labios de Stef. De repente, los labios de Emmett dejaron de moverse contra los de ella.

Se retiró y parpadeó. Stef se tocó la boca y apartó la mirada. El hechizo se había roto.

Acababa de besar al mejor amigo de su hermano, un hombre que, hasta aquel día, Stef podría haber descrito como un enemigo mortal.

Y lo peor de todo era que Emmett le había devuelto el beso.

Estaba bien lo de fingir para la boda, pero ya no se trataba de fingimiento. Existía una atracción real entre ellos, tan volátil y tan peligrosa como un cable eléctrico. Fueran cuales fueran los límites que habían establecido para casarse, Stef se los había saltado totalmente.

Emmett se recuperó más rápidamente que ella. Cuando habló, lo hizo con las palabras exactas que ella estaba pensando.

—Ha sido un error.

Los dos días siguientes pasaron sumidos en un gran revuelo de actividad. Stefanie no tuvo tiempo de sentarse a pensar por qué había besado a Emmett y mucho menos por qué él la había correspondido.

Hasta aquella mañana.

Se metió en el cuarto de baño y, mientras se duchaba, no pudo evitar recordar el beso y el modo en el que Emmett había reaccionado. Efectivamente, había sido un error y, sin embargo, Stef sintió deseos de besarlo de nuevo.

Después de salir de la ducha, se secó el cabello. Se sentía muy confusa, principalmente porque el hecho de besar a Emmett le parecía algo bueno cuando, decididamente, debería hacerle sentir que se había equivocado.

Dado que era incapaz de resolver el enigma, se marchó del hotel con una lista de cosas que hacer. Iba acompañada de Emmett. Tenía que terminar muchas cosas no solo para la cena benéfica, sino también para la boda.

Casi no se podía creer que se iba a casar aquella misma noche.

—¿En qué puedo ayudarla? —le preguntó la dependienta de la tienda de trajes de novia.

—Ayer compré un Vera Wang y pagué extra para que me tuvieran hechos los arreglos para hoy mismo.

La pequeña boutique de San Antonio había tenido el Vera Wang en una vitrina de cristal bajo llave. Era un modelo único, exactamente el tipo de vestido de novia que ella habría elegido para una boda de verdad. Sin embargo, aquella boda no era real ni ella estaba enamorada.

–Me caso esta noche.

–¡Enhorabuena!

En aquel momento, una mujer de más edad salió de la trastienda y se dirigió a Stefanie con el nombre falso que ella había utilizado. Lo último que Stef necesitaba era que se filtrara a la prensa que se había comprado un traje de novia.

–Danielle, ¿podrías sacar el Vera Wang vintage para la señorita Phillips?

–Por supuesto –replicó Danielle. Desapareció en la trastienda y Nancy, que también era la dueña de la tienda, apretó suavemente la mano de Stef–. ¿Está nerviosa? ¡Hoy es el gran día!

Si por nerviosa se refería a que sentía náuseas, sí, lo estaba.

–Mucho.

–¿Es ese su prometido?

Stefanie se volvió para mirar a través del escaparate. El todoterreno de Emmett estaba parado frente a la tienda.

–Sí. Es él.

–Vaya… –replicó la mujer guiñándole un ojo.

Después de que Stef se hubiera probado el vestido para asegurarse de que todos los arreglos estaban perfectos, sacó el vestido de la tienda y lo colocó sobre el asiento trasero del coche.

–¿Necesitas ayuda? –le preguntó Emmett por encima del hombro.

–No, ya está.

Stef cerró la puerta trasera y abrió la delantera para sentarse junto a Emmett.

–Eso es lo último que me quedaba por hacer.

Emmett regresó a la autopista.

–¿Es así como te imaginaste el día de tu boda? –le preguntó Emmett mientras miraba por el retrovisor y cambiaba de carril suavemente.

–Cada detalle. Hasta este café y el prometido al que tuve que suplicar que contrajera conmigo santo matrimonio –replicó ella con una sonrisa.

Emmett se la devolvió y la miró a los ojos unos segundos antes de volver a centrarse en la carretera.

Stef se sintió reconfortada. ¿Cómo era posible que él consiguiera que una situación tan fuera de lo normal pudiera resultar normal? Lo más extraño de todo era que ella se alegraba de haberlo elegido como futuro esposo y aliviada de que Emmett hubiera aceptado su proposición.

Emmett había experimentado muchas cenas benéficas de niño de un modo muy cercano y personal. En más de una ocasión, su padre lo había llevado a alguna iglesia que ofrecía cenas de Navidad para los necesitados. Emmett odiaba esa palabra. Para él, implicaba que estaba recibiendo lo que no se había ganado, a pesar de que los que las patrocinaban siempre le hacían sentirse muy bienvenido.

Recordaba que había tenido que abrigarse para combatir el frío que reinaba en los gimnasios llenos de corrientes de aire y el tener que apretarse entre desconocidos para conseguir su sitio en una mesa. Por supuesto, agradecía mucho los esfuerzos de los voluntarios que ofrecían aquellas cenas, pero la comida siempre se había visto acompañada por una enorme dosis de vergüenza.

Mientras consumía aquellas cenas de verduras demasiado saladas y carne dura, se había jurado que conseguiría un trabajo en cuanto le fuera posible y ganaría suficiente dinero para tomar la comida de Navidad en su propia mesa, en su propia casa. No le gustaba la idea de que le sirvieran y, de hecho, había tardado varios años en disfrutar yendo a comer a un restaurante.

Sin embargo, al entrar en el lugar que Stefanie había elegido para su cena benéfica, no se vio asaltado por recuerdos de aquellos días, principalmente porque el lugar elegido no se parecía en nada a los polvorientos gimnasios ni a las mesas cojas.

Aquella sala se alquilaba para ocasiones especiales. Estaba decorada con amplias mesas redondas, cubiertas de elegantes manteles dorados. La decoración en general, desde los platos blancos, los cubiertos y los cuidados centros de mesa de estilo navideño, le recordaban a Emmett más a una fiesta privada de los Ferguson.

—¿Qué te parece? —le preguntó Stef con una orgullosa sonrisa.

Él asintió, pero se imaginó que, después de tanto trabajo, ella se merecía un cumplido de verdad.

—Estoy impresionado.

—¡Gracias! —exclamó ella antes de ir a hablar con los encargados del catering y con los voluntarios.

Efectivamente, se veía que ella estaba en su elemento organizando una fiesta. Las familias aún no habían llegado, pero todo estaba ya preparado. Los voluntarios llevaban camisetas con las palabras *A Harlington le importa* impresas y estaban esperando en lo que parecía ser la entrada a la cocina. Tres enormes árboles de Navidad rodeados de montones de regalos daban ambiente a la enorme sala.

El aire olía a carne asada con hierbas y mantequilla. Emmett sintió hambre al imaginarse lo que le esperaba.

—Aquí nos vamos a sentar nosotros —dijo ella mientras le agarraba de la mano y lo llevaba a una mesa en la parte trasera de la sala, cerca de uno de los árboles. En el centro había una placa que anunciaba que aquella mesa era para los voluntarios.

—Estoy aquí como tu guardia de seguridad, no como invitado —le respondió, aunque el estómago le seguía protestando.

—Hank y Albert, que están allí, son oficiales de policía, así que te puedes relajar. Además, ¿qué mejor modo de protegerme que sentarte a mi lado? Además, esta es tu última oportunidad de comer y reunir fuerzas antes de nuestra boda —añadió, inclinándose hacia él.

Al recordar lo que iba a ocurrir también aquella noche, Emmett sintió que se le hacía un nudo en el estómago, aunque por diferentes razones. Los hermosos ojos azules de Stef, su cabello rubio y su increíble sonrisa no habían cambiado, pero, desde el día en el que él saboreó aquellos labios, había cambiado el modo en el que la veía a ella. Stef ya no era la hermana intocable del alcalde. Desde que la tocó, la idea de tenerla había echado raíces en él. Desde aquel inesperado beso, se había sentido abrasado por el fuego del deseo. Después de que intercambiaran sus votos, no pensaba apagarlo. Solo había una manera de ir con aquella mujer, y era hacia delante.

—Eres tú la que tienes que reunir fuerzas. Te aseguro que esta noche no voy a dormir solo sobre el frío suelo.

Stef abrió la boca, pero no pudo pronunciar palabra.

—Lo que hagamos en la cama será cosa tuya —le susurró él al oído mientras veía cómo se le oscurecían las pupilas—, pero esta noche vamos a compartir las sábanas.

—Yo pensaba que el beso había sido un error…

Sí. Emmett también lo había pensado, pero durante los dos días posteriores que pasaron juntos, en lo único que él había podido pensar era en volver a poseer aquellos labios una vez más. En acariciarle el cabello, en hacer que ella inclinara la cabeza para entrelazar la lengua con la suya…

Lo último que necesitaba era pasarse toda la cena benéfica con una erección.

—Ya no hay vuelta atrás —susurró él. La noche anterior se la había pasado despierto, preguntándose si Stef estaría despierta—. Tendrás que besarme una vez más antes de que regresemos a nuestro dormitorio. Juntos, para nuestra noche de bodas.

—¡La noche de bodas! —exclamó una mujer que se acercó a ellos y abrazó con fuerza a Stefanie—. ¡Sandy, no me habías dicho que estabas prometida! ¡Preséntame!

—Emmett, esta es Lakesha. Lakesha, Emmett —dijo Stef. Evidentemente, consideró que no había necesidad alguna de que él tuviera nombre falso.

—Llevo dos años trabajando con Sandy y la adoro. Probablemente lo mismo que tú —comentó Lakesha. Le colocó la mano en el pecho y le apretó uno de los pectorales—. ¡Huy! Está duro como una piedra. Muy bien.

Stef se dirigió a ella en voz muy baja.

—Hazme el favor de mantenerlo oculto. Mi familia aún no lo sabe.

Lakesha se mostró extrañada, pero miró a su alrededor para asegurarse de que nadie había escuchado nada. Entonces, se cerró una cremallera invisible en los labios y les guiñó el ojo.

—Mis labios están sellados.

Cuando empezó la cena, Emmett observó a su prometida desde un lado de la sala. Prefirió comerse un sándwich en vez de sentarse a cenar. Los policías que estaban trabajando en el evento se merecían disfrutar de sus cenas.

Stef tampoco se sentó mucho. No paraba de dar indicaciones a todo el mundo ni de ocuparse de que todos los detalles estuvieran perfectos. Resultaba adorable. Era la primera vez que la contemplaba con tanta admiración. Por ello la observó con orgullo y asombro a partes iguales. También era una mujer tierna y abierta, al tiempo que testaruda y decidida. La combinación de todos aquellos rasgos la convertían en una persona mucho más atractiva para él.

Decidió que podría irle mucho peor a la hora de elegir esposa, aunque a ella le podría ir mucho mejor a la hora de elegir marido. Incluso vestida con unos sencillos pantalones negros y un jersey blanco con hilos dorados entrelazados, Stef parecía una princesa o, al menos, una celebridad.

No se podía creer que nadie la hubiera reconocido, aunque suponía que tan solo era de interés para la élite de la gran ciudad. Las buenas gentes de Harlington, Texas, tenían otras prioridades. Trabajar duro para mantener a sus familias, poner comida sobre la mesa y cuidar de sus hijos. Emmett lo comprendía perfectamente.

Después de que su madre y su hermano murieran, Emmett había tenido que adoptar el papel de cabeza de familia. Van dejó de preocuparse, incluso casi dejó de respirar. Se pasaba el día sentado delante de la televisión con el oxígeno puesto y una expresión ausente en el rostro, cortesía de los medicamentos que tomaba.

Con diez años, Emmett era tan responsable como un adulto. Segaba el césped de los vecinos, iba a la compra para los vecinos de más edad y dejaba que los niños del colegio le pagaran para ejercer de guardaespaldas. Cualquier cosa que le ayudara a llevar dinero a casa con el que comprar comida para sí mismo y para su padre.

Una niña se acercó a Stefanie con un osito de peluche muy ajado en las manos. Stef se arrodilló para abrazarla. Su rostro mostraba una alegría y un cariño tan auténticos, que él sintió un pellizco en el corazón. No lo hacía ni por la publicidad ni por la gente. Poco a poco, empezó a comprender por qué lo mantenía en secreto. Chase la hablaba como si aún estuviera a cargo de ella, como si fuera una princesa encerrada en una torre. Emmett comprendía su deseo de escapar de casa y abrirse su propio camino. Él mismo se había sentido así de niño.

Cuando todo el mundo terminó de cenar, se pasó a entregar los regalos. Un Santa Claus se colocó en cada uno de los árboles y comenzó a dar regalos a los niños. Emmett observaba la escena desde la distancia, tomándose un chocolate caliente que Lakesha le había dado guiñándole el ojo y apretándole los bíceps en aquella ocasión.

—¡Enhorabuena de nuevo! —le susurró.

En ese momento, Emmett comenzó a sentirse cómodo en el último lugar que hubiera imaginado: una cena benéfica para los que pasan por dificultades económicas. No hacía más que pensar que solo faltaban unas pocas horas para que dejara de ser el prometido de Stefanie y los dos se convirtieran en marido y mujer.

Capítulo Cinco

–Eso es nuevo –comento Stefanie con una incómoda carcajada al ver lo que estaba colgado a la entrada del hotel.

–¿Qué es nuevo? –le preguntó Emmett mientras aparcaba el coche.

–Muérdago. Agghh.

–Pensaba que te encantaba la Navidad. ¿No es el muérdago otro motivo navideño más?

–No –respondió ella.

–¿No? ¿Eres una romántica a la que le encanta la Navidad y no te gusta la tradición de besarse debajo del muérdago?

–Bueno, a ti tampoco, Scrooge. ¿Qué tiene de malo?

–Lo que ocurre es que, en mi caso, tiene sentido, dado que no me gusta la Navidad, pero tú… No lo entiendo. Yo te conté mi historia. Ahora espero que me cuentes tú la tuya –comentó él, presintiendo que había algo más.

Emmett tenía razón. Stephanie suspiró y comenzó su sórdida historia.

–Yo estaba en una fiesta de Navidad con mis padres cuando tenía trece años. Había un niño en mi clase, un cerdo repugnante que se llamaba Reggie Meeks, que me abrazó y me besó debajo del muérdago. Entonces, fue presumiendo delante de los idiotas de sus amigos de que yo me había enrollado con él. Mientras tanto, yo me fui corriendo al cuarto de baño más cercano y me enjuagué la boca con colutorio hasta que me dolieron los dientes.

Emmett se echó a reír.

—¡No tiene nada de gracia!

—Tienes razón. No tiene nada de gracia que un chico te obligara a darle un beso. Sin embargo, tener esa aversión a una planta inocente es criminal. ¿Y después de eso no conseguiste acumular más recuerdos bajo el muérdago?

—No. Con un beso de Reggie me bastó para marcarme de por vida —concluyó ella—. Muchas gracias por haber venido a la cena. Sé que no te apetecía mucho estar allí. Estoy segura de que había tanta Navidad representada allí que deseaste poder esconderte en una cueva.

—No estuvo tan mal —admitió Emmett.

De repente, se dio cuenta de que los dos tenían algo en común. Él odiaba la Navidad y ella el muérdago.

Descendieron del coche. El viento era tan frío que les atravesaba la ropa y les helaba la piel. Emmett caminaba al lado de Stef, con la cabeza baja y las manos en los bolsillos.

—Ya queda muy poco para el gran momento. ¿Estás segura?

—Claro que sí. No me gusta que me digan lo que tengo que hacer. Ni Reggie Meeks ni Blake Eastwood. Me niego a que Blake me maneje a su antojo como si fuera… ¿Y tú? —le preguntó ella de repente mientras lo miraba a los ojos—. ¿Estás seguro de que quieres hacerlo? ¿Te estás sintiendo presionado? No querría nunca ponerte en una situación…

Emmett interrumpió sus palabras con un inesperado beso. La rodeó entre sus brazos y la estrechó contra la firme pared de su cuerpo. El contacto de los labios de Emmett con los de Stef hizo que las chispas saltaran entre ellos. De repente, el frío aire de la noche no pareció tan frío.

Ella le agarró por las solapas del abrigo y lo estrechó aún más contra su cuerpo. Emmett terminó el beso con un breve roce de la lengua antes de besarle con reverencia el labio superior y luego el inferior. La mantuvo entre sus brazos mientras ella respiraba profundamente para luego dejar escapar el aliento en una nube de vapor. Emmett levantó una ceja como si estuviera esperando su reacción, pero no hubo ninguna. Stef se mantuvo agarrada a él como si fuera una guirnalda al árbol de Navidad.

Emmett levantó los ojos y ella hizo lo mismo. El muérdago colgaba por encima de sus cabezas. Cuando sus miradas volvieron a cruzarse, Emmett dijo:

–Ya va siendo hora para que los dos vayamos acumulando mejores recuerdos de Navidad.

–¡Dios mío! Ya sabía yo que ese muérdago no era buena idea –les dijo Margaret desde la puerta, que acababa de abrir. Tenía la felicidad dibujada en los ojos–. ¡Estoy de broma! Si yo me fuera a casar a medianoche del día de Navidad, también me sentiría muy romántica.

Stef se apartó de Emmett tras dedicarle una seductora sonrisa. Entonces, entrelazó el brazo con el de Margaret. Los tres entraron en el hotel mientras las dos mujeres iban charlando sobre la ceremonia. El hijo de Margaret, que iba a oficiar la ceremonia, estaba en el vestíbulo tomándose un trozo de pastel. Dejó el tenedor para darle la mano a Emmett.

Mientras Lyle le comentaba la ceremonia, Emmett lo escuchaba a medias. Tenía toda su atención puesta en Stefanie. Ella se retorcía los dedos como si estuviera muy nerviosa y Emmett comprendía por qué. Sin embargo, era la primera vez que la veía tan agitada.

La parte más orgullosa de él quería pensar que no era por la ceremonia, sino por el beso, por lo que estaba tan descolocada. No hacía más que mesarse el cabello. Cuando lo miraba, lo hacía casi tímidamente. Muy pronto compartirían otro beso, en aquella ocasión delante de los invitados, dado que Margaret había hecho que todos los huéspedes del hotel acudieran a la ceremonia.

–También he preparado un pastel –anunció Margaret–. Y estoy encantada de haberlo hecho –añadió cuando Stef protestó por las molestias que se estaba tomando–. Ahora, vosotros subid a cambiaros. Cuando oigáis la música, podéis bajar y empezaremos… A menos que prefiráis una entrada más formal.

–No, no… –dijo Stef tras mirar a Emmett para comprobar que él estaba de acuerdo–. Queremos que todo sea muy sencillo.

Mientras subían las escaleras, Stef se agarró con fuerza a la balaustrada. Emmett le tomó la otra mano y entrelazó los dedos muy suavemente con los de ella mientras ascendían. Solo la soltó cuando llegaron a la puerta de la habitación.

–¿Quieres cambiarte aquí o en el cuarto de baño? –le preguntó ella mientras sacaba el vestido del armario y lo dejaba sobre la cama–. ¿O crees que deberíamos seguir lo de que da mala suerte que me veas con el vestido antes de la boda?

–Creo que el concepto de mala suerte es una tontería.

–Es verdad. No te crees lo de los milagros navideños, ni el amor verdadero ni la mala suerte. Tomo nota.

–Yo no he dicho nunca nada sobre el amor…

Tal vez él no hubiera entregado aún su corazón, pero había visto muchos ejemplos de la existencia del amor verdadero. Chase y Miriam, Zach y Penelope, los padres de Stef… Solo porque él aún no hubiera encontrado al suyo, no significaba que no existiera.

– …pero sobre las otras dos cosas tienes razón.

Stef abrió la bolsa del vestido y dejó al descubierto una delicada tela blanca. Emmett se contuvo para no ponerse de espaldas y darle la intimidad que ella necesitaba y proporcionarse a sí mismo suspense.

–Me resulta difícil de creer que hayas accedido a casarte conmigo por obligación si piensas que tu media naranja anda por ahí…

–He accedido a casarme contigo porque me lo has vendido muy bien. También, me resulta bastante aterrador pensar que una pobre mujer pueda estar atada a mí de por vida.

–¡Qué cosa más horrible le acabas de decir a tu prometida! –exclamó ella en tono de broma.

–Mi prometida ha sido lo suficientemente lista como para incluir una trampilla para poder huir. Te habrás librado de mí dentro de unos meses.

Era lo mejor para todos. Emmett podía darle lo que ella necesitaba en aquellos momentos, pero no podía concederle el amor eterno que ella se merecía.

–Yo me cambiaré primero y me reuniré contigo abajo –añadió Emmett–. ¿Necesitas ayuda con el vestido?

–Ya la tengo.

–¿Da mala suerte que bese a mi futura esposa antes de la boda si ella no tiene puesto el vestido de novia?

–Creo que no –afirmó ella. Le agarró el abrigo con ambas manos y tiró de él–. normalmente los besos dan buena suerte.

–Buena suerte –dijo Emmett mientras bajaba la cabeza para besarla–. En eso también creo.

Su futuro esposo estuvo listo en pocos minutos, ataviado con unos pantalones oscuros, una camisa blanca y una corbata que se había comprado en la ciudad. A petición de Stef, se había probado algunos trajes, pero, tras resultarle imposible encontrarle una americana que le sentara bien a sus anchos hombros, ella se había dado por vencida.

A pesar de todo, estaba muy guapo con la corbata roja que le recorría el torso y le apuntaba al cinturón. Tan guapo que ella no se había podido resistir y le había dado un tirón de la corbata para pedirle que le diera otro beso.

No sabía cómo iban a poder regresar a aquella habitación, ya convertidos en marido y mujer, y evitar tocarse. Aquella perspectiva le resultaba cada vez menos deseable. No habían hablado al respecto, pero un matrimonio célibe y sin disfrutar del amor le parecía injusto y desagradable.

No le cabía la menor duda de que Emmett sabría separar el sexo del amor y del matrimonio, pero, ¿podría ella? En teoría, resultaba fácil, pero en la práctica…

El amor se había mostrado difícil de encontrar hasta el momento para Stef. Era una de las razones por las que estaba seguro de que funcionaría aquel matrimonio con Emmett. ¿Cómo era posible que dos personas que se odiaban se enamoraran el uno del otro? Sin embargo, los besos que habían compartido hasta aquel momento eran la prueba de que Emmett ejercía sobre ella un efecto mayor de lo que ella había reconocido. Un efecto físico.

Sentirse atraída por Emmett era terreno desconocido para ella. Como cualquier otra circunstancia poco familiar, eso le hacía que se sintiera nerviosa y excitada por explorarlo. ¿Podrían proceder sin dejarse llevar? No estaba segura.

Alguien llamó con suavidad a la puerta y la sacó de sus pensamientos. Era Margaret.

–¿Necesitas ayuda con algo, querida?

Cuando Stefanie abrió la puerta, Margaret se cubrió el rostro con las manos, los ojos de la mujer se llenaron de lágrimas.

–¡Estás guapísima!

–Gracias.

Stef se dio la vuelta para admirar el vestido en toda su extensión en el espejo de cuerpo entero que había en un rincón. El vestido de tubo tenía un diseño de encaje sobre el cuerpo y una falda muy ceñida. El escote tipo halter iba sujeto por dos tirantes muy finos que le pasaban por encima de los omoplatos para irse a juntar en el medio de la espalda. La parte inferior de la espalda iba recortada y dejaba al descubierto un trozo de piel. Resultaba muy sexy y muy sencillo. Era muy de su gusto.

–Te he traído esto, pero no tienes que ponértelo si no quieres –le dijo Margaret. Le mostró una peineta para el cabello realizada con gipsófila, hojas verdes y pétalos de flor de pascua–. ¿Es demasiado?

–En absoluto –replicó Stef mientras acariciaba delicadamente las plantas–. Es muy bonito.

–Lo he hecho yo. Ah, y eso es muérdago. Es que me había sobrado un poco.

Stef se echó a reír. Por los nuevos recuerdos navideños. Se dio la vuelta para que Margaret pudiera colocarle la peineta en el recogido que se había hecho.

–Tengo tu ramo abajo esperándote. Por cierto, tu hombre está guapísimo.

–Sí, eso es lo que tiene. ¿Está también nervioso?

–Mi hijo le ha servido un bourbon para brindar antes de la boda, pero no. Emmett no parece estar especialmente nervioso. Más bien… emocionado. Como si tuviera muchas ganas de verte. Le vas a dejar sin aliento.

–Tal vez me he excedido –dijo Stef mientras se alisaba de nuevo la falda–. Mi objetivo era que no se marchara antes de la ceremonia –bromeó.

–Por eso no te preocupes –replicó–. Ya he cerrado con llave la puerta principal. ¿Quieres que baje contigo? También puedo colocarte la cola del vestido y luego bajar para quitarme de en medio.

Al llegar a la escalera, Margaret le estiró la cola del vestido. Stef apoyó la mano sobre la balaustrada para no caerse por la escalera en el día de su vida. El corazón le latía a toda velocidad. No hacía más que pensar en su familia y en lo atónitos que iban a quedarse cuando supieran que se había casado sin ellos.

Cuando Margaret terminó de colocarle el vestido, el fotógrafo le hizo unas fotografías. Ella sonrió como le habían enseñado a hacerlo y, a continuación, comenzó a bajar por la escalera mientras, en el salón, sonaban unos villancicos clásicos.

Estaba a punto de bajar del todo la escalera cuando, a falta de cinco peldaños, vio a Emmett. Él iba de camino hacia el salón, pero, al verla, se detuvo en seco. Se quedó boquiabierto mientras la miraba de la cabeza a los pies.

Margaret chasqueó la lengua y le tomó del brazo para llevarlo prácticamente a rastras hasta el salón, pero no antes de que él pudiera guiñarle a Stef un ojo.

***

Desde su posición junto a Lyle, que iba a celebrar la ceremonia, Emmett tragó saliva y se frotó las sudorosas manos. Se había engañado al hacerse creer que ser el novio era prácticamente lo mismo que ser el padrino de una boda, aunque no había sido ninguna de las dos cosas. Sin embargo, como había asistido a bodas antes, conocía perfectamente la rutina.

Observó cómo Stefanie se dirigía hacia él ataviada con un hermoso vestido blanco y decidió que aquella sensación no se parecía en nada a la de ver cómo otra novia se dirigía hacia el altar para casarse.

Stefanie, con una hermosa sonrisa en los rojos labios y el cabello delicadamente recogido en la parte posterior de la cabeza, llevaba un ramo de flores de pascua que destacaban apasionadamente sobre el blanco del vestido, se dirigía hacia él. En aquel momento, Emmett sintió una gran responsabilidad hacia ella. Iba a convertirse en su esposo. Y, a pesar de todo lo que habían pensado para el significado de aquella ceremonia, para Emmett sería completamente real. En todos los sentidos.

Stefanie se detuvo por fin junto a él y, en aquel momento, Emmett decidió que se entregaría a ella totalmente mientras durara aquel matrimonio.

Poco después, tuvo que tomar a Stef de la mano y, al mirarla a los ojos, se sintió navegando en aquel mar de color aguamarina. Intercambiaron votos y anillos.

–Lo que Dios ha unido, que no lo separe el hombre –dijo Lyle por fin mientras cerraba la Biblia–. Ahora, puedes besar a la novia.

Emmett se acercó a Stef y apretó los labios contra los

de ella en lo que se suponía que debía ser un breve beso. No fue así. Comenzó a mover la boca sobre la de ella con un sentimiento de propiedad, como si quisiera darle a aquella unión un significado mayor aún. Con cada caricia de los labios, la reclamaba un poco más como suya.

Cuando el beso terminó por fin, los escasos asistentes comenzaron a aplaudir. Los ojos de la novia relucían como las luces blancas que iluminaban la estancia. Emmett se moría de ganas por tomarla en brazos y llevársela a la habitación. No había nada que deseara más que proseguir con el beso y ver hasta dónde le permitía llegar Stef.

—¡Yo serviré el champán! —anunció Margaret sacándole así de su fantasía.

—¿Champán? —le preguntó Emmett a Stef.

—Para el brindis —respondió ella. Entonces, le frotó el labio inferior con el pulgar para limpiárselo—. Lápiz de labios —explicó.

—No quiero brindar. Quiero irme a la cama —murmuró él dejando asombrada a su recién estrenada esposa—. Contigo.

Sí. Stef necesitaba esa copa de champán. Desgraciadamente, una copa de espumoso no iba a ser suficiente para borrar la visión de Emmett completamente desnudo. No sabía cuánto más podría aguantar en aquella fiesta ante de llevarse a su marido arriba para quitarle la ropa.

Es pensamiento resultaba alarmante. Hacía años que conocía a Emmett y nunca antes se lo había imaginado desnudo. O besándola. Sin embargo, allí estaban. Besándose. Casados. Y a punto de estar completamente desnudos.

–Enhorabuena, señora Keaton –le dijo Anna, una de las huéspedes del pequeño hotel. Llevaba casada poco más de un año con Clay y estaban allí para celebrar su primer aniversario.

–Gracias.

–El primer año es un desafío, pero en el buen sentido. No te creas a nadie que te diga que la luna de miel se ha terminado cuando os oigan discutir.

–No. Emmett y yo discutimos mucho, así que no es nada nuevo.

–Incluso mejor. Luego las reconciliaciones merecen la pena –comentó Anna riendo–. Stefanie sintió que Emmett estaba muy cerca, pero no iba a darse la vuelta para descubrir si la había oído.

Anna se apartó unos metros de todos los invitados y animó a Stef a que la siguiera. Ya en el vestíbulo, cerca de la escalera, le susurró prácticamente al oído con una sonrisa:

–Sé quién eres. Me costó un poco situarte y luego me di cuenta de que había visto tu foto. La duquesa de Dallas.

Stefanie trató de mantener una expresión neutral a pesar de que los latidos del corazón se le aceleraron un poco. Esa maldita bloguera.

–¿Qué te animó a decidirte en contra de una boda en verano con muchos invitados famosos? También, creía que te ibas a casar con Blake Eastwood. ¿Sabe tu familia que no es así?

Stefanie esquivó como pudo las preguntas de Anna.

–No le he dicho nada nadie y no lo haré –prometió Anna–, pero, si no te importa que te lo pregunte, ¿por qué estás aquí en Harlington casándote con Emmett cuando ese tal Blake dijo que le pertenecías?

Stef se había enfrentado a los rumores en muchas ocasiones, pero nunca cara a cara con una mujer tan cotilla y con tan poco tacto.

–Muy sencillo –le dijo una voz profunda–. Blake es un mentiroso.

Anna se sobresaltó al escuchar la voz de Emmett y se quedó sin saber qué decir. Stef deseó besarle por tan oportuna llegada.

–Tengo que llevarme a mi esposa –añadió él mientras la levantaba en sus brazos. Todos los presentes murmuraron con aprobación–. Nos hemos reservado para la noche de bodas. Así que nos saltamos el brindis.

Capítulo Seis

–Muchas gracias –dijo Stefanie cuando Emmett la dejó por fin de pie en la habitación–. Jamás me había encontrado… ¿Qué estás haciendo?

–Quitarme esta soga –respondió él mientras se soltaba la corbata y la arrojaba encima de la cómoda.

Se acercó a ella y se colocó muy cerca. Tanto que Stefanie notó el abultamiento debajo de los pantalones. A continuación, le colocó la mano en la piel desnuda de la espalda a través del recorte que tenía en la parte inferior.

–Emmett…

–Dime que me detenga. Dime que no te importa que estemos casados y que no quieres que te toque.

Sus palabras eran casi un desesperado susurro, pero las manos no dejaban de recorrer la piel que quedaba expuesta. Los dedos le hacían cosquillas en la espalda mientras, la otra mano, le levantaba a ella la barbilla para obligarla a mirarle a los ojos.

–Si te vuelvo a besar –musitó mientras le trazaba la clavícula con un dedo–, en ese caso querré besarte aquí después –añadió. Después, le rodeó la cintura con esa misma mano–. Y luego aquí.

La mano le moldeó la cadera y la respiración de Stefanie se aceleró.

–Y luego por todas partes…

Solo un susurro separaba las bocas de ambos. Stef sintió una ligera caricia en los labios.

–Stef... –murmuró él mientras le acariciaba suavemente la boca con un beso.

Stef cerró el espacio que los separaba y le besó. Aquello era lo único que deseaba hacer desde que Emmett la besó debajo del muérdago aquella noche. Deseaba tocarlo tan desesperadamente que se fundió con él. Emmett la estrechó contra su cuerpo tirando de la delicada tela del vestido mientras empezaba a cumplir su promesa. Comenzó a besarle el cuello, la garganta y la clavícula.

Un gemido se le escapó de los labios. Stef no había contado con la atracción mutua entre ellos. Si Emmett pensaba que le iba a decir que se detuviera, estaba muy equivocado.

Sintió que le desabrochaba la cremallera del vestido y que lanzaba una maldición cuando encontró una segunda cremallera en la falda.

–¿Te parece divertido? –comentó él, con un tono entre enfadado y divertido.

–Te encuentro muy impaciente –replicó ella mientras comenzaba a desabrocharle los botones de la camisa–. ¿Qué prisa hay?

–Quiero saborearte muy lentamente, pero te quiero desnuda ahora mismo.

–Yo deseo lo mismo –afirmó desabrochándole un botón. Y luego otro.

Le retiró el vestido de los hombros. Las ásperas yemas de los dedos le pusieron a Stef la piel de gallina. Ella, por su parte, le abrió por fin la camisa y le agarró la camiseta que llevaba metida por debajo de los pantalones. En el momento en el que el vientre y la línea oscura de vello que señalaba hacia un lugar oculto quedaron al descubierto, ella no pudo contenerse. Comenzó a acariciar los abultados músculos del abdomen.

Emmett contuvo el aliento y su torso se expandió de un modo impresionante. Ella le deslizó las dos manos por el torso y le cubrió los pectorales. El vello que los cubría le hacía cosquillas en las palmas de las manos.

–Eres tan grande…

–Pues aún no has visto nada –murmuró él mientras volvía a besarla. El vestido cayó por fin al suelo, dejándola en braguitas y sujetador–. ¿Qué es esto?

El rostro de Emmett se transformó con una profunda carcajada. Había enganchado un dedo en la liga de encaje blanco que ella llevaba alrededor del muslo.

–Es la tradición.

Emmett volvió a besarla de nuevo. Los dedos de Stef comenzaron a desabrochar el cinturón. No podía dejar de pensar en la primera vez que lo vio en calzoncillos. Era importante. Sin embargo, más que sentirse intimidada, el tamaño de Emmett la ayudaba a sentirse segura.

Él le deslizó la mano entre los senos y, por fin, le bajó el sujetador. Cuando bajó la cabeza para acariciarle un pezón con la lengua, Stef le agarró la cabeza con las manos para animarle a seguir. Emmett le repitió el favor en el otro pezón. Por fin, el sujetador desapareció, dejando al aire la sensible piel, que echaba chispas por lo que estaba experimentando.

Emmett deslizó un dedo sobre el borde de las braguitas de encaje y le rozó el sexo con los nudillos. Stef contuvo la respiración. Estaba húmeda y lista para recibirle y eso que tan solo habían empezado.

–Feliz Navidad para mí –susurró él mientras le deslizaba las dos manos por la parte posterior de las braguitas y comenzaba a bajárselas.

Se colocó de rodillas delante de ella y la miró.

–Me gusta que estés ahí –susurró mientras le deslizaba una mano sobre el corto cabello.

–¿Adorándote? –replicó él con una pícara sonrisa. Ella asintió–. Me apuesto lo que sea a que estás acostumbrada.

–No te creas…

Los hombres con los que había compartido la cama en el pasado no habían sido… dignos de mención. A ella le gustaba el sexo y el placer y le encantaba dar y recibir, pero nunca habría dicho que la habían adorado en el pasado.

–No puedo decir que lo haya experimentado…

–En ese caso, será la primera vez. Permíteme que te adore yo…

Emmett se acercó a ella. Stef sentía su aliento sobre la delgada línea de vello que le cubría el sexo.

–Mi reina…

Sí… aquello le estaba gustando. El rostro se le había caldeado y los muslos se apretaban el uno contra el otro con anticipación de las delicias que estaba a punto de experimentar. Emmett no la hizo esperar. Empezó a lamerla tan lentamente que a Stef le temblaban las piernas. La animó a sentarse en la cama. Entonces, él se quitó la camisa y los pantalones. El abultamiento que tenía en los calzoncillos resultaba tan impresionante como el resto de su cuerpo. La gruesa columna era una promesa de lo que estaba por venir.

Emmett regresó a su tarea. Le hundió el rostro entre los muslos para darle placer mientras ella se retorcía sobre la colcha. Ella se dejó ir con un grito de placer que resonó en toda la habitación. El orgasmo se tomó su tiempo en desaparecer y él siguió y siguió hasta que todo el cuerpo de Stef quedó cálido y saciado. Entonces, le dio un beso en cada muslo y fue ascendiendo poco a poco, beso a beso. Ya encima de ella, resultaba más imponente que de costumbre. El impresionante miembro se le apoyaba a Stef sobre el muslo. Emmett tenía los labios brillantes y los ojos llenos de lujuria, tanto que resultaban prácticamente negros.

—Tengo un preservativo en mi maleta —le dijo ella. Emmett no lo dudó ni un segundo—. En el bolsillo de la cremallera.

Cuando lo sacó, dejó escapar un gemido de protesta y volvió a dejarlo donde estaba. Stef se incorporó en la cama para protestar.

—¿Qué es lo que pasa? —le preguntó al ver que él se arrodillaba delante de su bolsa de viaje.

—Es demasiado pequeño.

Cuando se puso de pie y se quitó los calzoncillos, Stef vio por qué el preservativo que ella llevaba era demasiado pequeño.

—Feliz Navidad, Stef —murmuró, haciéndose eco de las palabras que él había usado antes.

Emmett sonrió muy orgulloso y se puso el preservativo que había sacado de su bolsa. Entonces, se acercó a ella con rapidez.

—¿Estás bien? —le preguntó.

Se lo preguntó como si le preocupara su respuesta. Como si quisiera saber que si ella estuviera teniendo dudas por su tamaño o por si quería decirle que tuviera cuidado de no hacerle daño. Stef nunca haría algo así. Estaba segura de que podía acoger cada centímetro del glorioso miembro de su esposo.

—Estoy mucho mejor que bien, Em —dijo mientras le agarraba de los brazos para animarlo—. Vamos…

Emmett era un hombre perfectamente preparado para

darle placer a una mujer. Se le colocó entre las piernas. El firme abdomen entró en contacto con el suave vientre de ella. La punta encontró la entrada al cuerpo de Stef y fue deslizándose dentro de ella lentamente, mientras Emmett la observaba con la intensidad de la contención.

—Estoy bien. De verdad.

Cuando se deslizó más profundamente, Stef estuvo mejor que bien. Arqueó el cuello, gozando de la plenitud de aquel primer envite, dejando que su cuerpo se ajustara al tamaño. Entonces, abrió los ojos y se miró en los de él. Se agarró a los hombros de Emmett y dejó que él le hiciera el amor como le había prometido. Lenta, seductoramente. Como ya estaba muy excitada por el primer orgasmo, el segundo no tardó en acudir.

El rostro de Emmett estaba tenso por la concentración mientras buscaba el punto que la empujaría al clímax. Sin embargo, Stef deseaba el orgasmo de él más que el suyo propio, dado que ella ya había gozado. Quería que él se dejara llevar. Ver cómo se vertía dentro de ella para albergar aquel recuerdo para siempre en la memoria.

Porque eso precisamente era lo que aquello sería: un recuerdo en su memoria. Se recordó que estaban fingiendo, que tal vez aquella noche estaban gozando el uno del otro, pero que, el final no tardaría en llegar para ambos.

—Eres preciosa. Tu cuerpo es increíble…

Stef le acarició la mejilla. La incipiente barba le provocó sensaciones que le recorrieron todo el cuerpo. Emmett también era increíble, pero era incapaz de expresarlo en palabras en aquellos momentos.

—¿Estás ya cerca? –le preguntó.

—No te preocupes por mí, Emmett–. Quiero que llegues tú primero.

–De eso nada…

Emmett pareció doblar sus esfuerzos, haciendo que el ritmo fuera más lento, pero acrecentando la intensidad. La observaba como un ave de presa que miraba a su próxima comida, sin parpadear y pendiente de cada reacción.

Cuando por fin tocó el punto que estaba buscando, el grito que ella dejó escapar la delató. Con una sonrisa, Emmett se apoyó sobre los codos y le enmarcó el rostro. Entonces, se hundió en ella cada vez más rápido y más profundamente, inmovilizándola así mientras ella estallaba de puro placer.

El orgasmo fue más potente que el primero. Fue tan poderoso que ella, con desilusión, se dio cuenta de que se había perdido el de él.

–Eres muy malo… Era yo la que quería hace eso…

–Y así fue…

–¡Pero tenía los ojos cerrados!

–Lo sé. Te vi –replicó él mientras le daba un beso en la barbilla.

Stef se aseguró que, la próxima vez que lo hicieran, no permitiría que Emmett controlara lo que ocurría.

Emmett se incorporó para quitarse el preservativo y ella observó su trasero mientras se dirigía al cuarto de baño. Le pareció que era un pensamiento muy peligroso decidir si volvería a tener relacione sexuales con su esposo, pero descartó rápidamente aquella preocupación.

No dejaría que él tuviera la última palabra. Iba a conseguir que se le doblaran las rodillas y que se deshiciera de gozo al menos una vez antes de que dieran por terminado aquel matrimonio.

***

No fue la primera cena de Navidad que Emmett disfrutaba con los Ferguson. Ellos le habían acogido desde que Chase y él se hicieron amigos. Se sentía tan cómodo en la mansión de Rider y Elle como en su propio apartamento y estaba seguro de que se lo debía a la agradable compañía.

Los Ferguson eran multimillonarios. Ganaban más dinero de lo que Emmett pudiera imaginar, a pesar de que él también había amasado bastante riqueza, pero eran también personas muy normales y, lo más importante de todo, una familia muy unida.

Por eso, cuando entró con Stefanie recién llegados de Harlington, comprendió que la intranquilidad que sentía no tenía nada ver con el hecho de pasar el día de Navidad con la familia, sino con el hecho de que se había casado con la pequeña de los Ferguson y ninguno de ellos lo sabía

Durante el viaje de vuelta, Stef le había dicho que no iba a compartir las fotos en la web hasta que no le hubiera dado la noticia a su familia y Emmett había estado totalmente de acuerdo. Sin embargo, le había sugerido que llamara uno a todos los miembros de la familia para darle la noticia. Stef le había hecho notar que se lo dirían inmediatamente unos a otros antes de que ella tuviera oportunidad de hacerlo y que así dejaría de controlar la situación.

Después de pasar por el apartamento de ella para recoger los regalos para la familia, llegaron a la imponente mansión a las seis en punto. Emmett apagó el motor del coche y miró la puerta principal.

—Llegamos tarde —dijo.

—Es culpa tuya —replicó ella con una pícara sonrisa que hizo que él se rebullera en el asiento.

Emmett recordaba perfectamente por qué había sido culpa suya. La había despertado colocándole la cabeza entre las piernas. Después de un exquisito sexo matutino, había bajado para recoger el desayuno y, tras llevarlo a la habitación, había encendido la televisión y se había negado a levantarse de la cama hasta que no se tomó un buen desayuno y dos tazas de café.

En realidad, no había querido que la mañana terminara por miedo a que la realidad terminara por filtrarse en lo que parecía un cuento de hadas.

—Le envié a Chase un mensaje para avisarle de que llegaríamos tarde, así que, si no se lo ha dicho a los demás, es culpa suya —comentó Stef mordiéndose el labio—. ¿Crees que se van a enfadar mucho conmigo?

—Creo que se enfadarán conmigo y no contigo.

—Yo no estaría tan segura… Yo soy la niña de la familia…

—No eres una niña. Eres una mujer hecha y derecha, muy inteligente y con un generoso corazón. Yo cargaré con la culpa.

Stef le agarró la mano y le dio un beso. Emmett sintió la tentación de colocársela encima del regazo y hacer que los cristales del coche se empañaran antes de entrar. Cada vez que la tocaba, no se saciaba de ella. Le sorprendía lo poderosa que era la atracción que Stef ejercía sobre él, tanto, que no comprendía cómo había podido negarla hasta entonces.

Se bajaron por fin del todoterreno. Tras cargarse los brazos de regalos, entraron por fin en la casa para enfrentarse a los Ferguson.

***

–¿Se ha portado bien?

Después de que dejaran los regalos alrededor del árbol, Chase se llevó a Emmett a un aparte, dado que la cena se había pospuesto treinta minutos. Emmett se recordó que su mejor amigo y jefe no tenía ni idea de que él se había acostado con su hermana aquella misma mañana y respondió tal y como se esperaba.

–Muy bien.

–Me alegro. Feliz Navidad.

–Feliz Navidad, Chase.

Emmett se sacó un sobre del bolsillo interior de la chaqueta y se lo entregó.

–No tenías que regalarme nada. Muchas gracias, Em.

Emmett asintió y colocó el resto de los sobres que llevaba, con suscripciones anuales variadas dependiendo del gusto de cada uno, debajo del árbol de Navidad, para el resto de la familia. Sabía que ninguno necesitaba nada de lo que él les pudiera regalar, pero no le gustaba presentarse con las manos vacías.

Besó a Elle en la mejilla cuando ella se acercó a él con una copa de champán en la mano.

–Siento que hayamos llegado tarde.

–Me gusta comer tarde –apostilló Miriam, la prometida de Chase.

–No pasa nada. Alerté a los cocineros para que mantuvieran todo caliente, dado que mi hija se iba a presentar cuando le viniera bien. ¿Qué tal por San Antonio? –le preguntó Elle.

–Sobre eso, tengo un anuncio que me gustaría hacer antes de cenar –dijo Stef–. ¿Puedes ir a buscar a papá?

–Ya vengo, ya vengo –exclamó Rider mientras entraba en la sala con un martini en la mano–. ¿Quieres algo de beber, Emmett?

–Será mejor.

Emmett miró a su alrededor y vio que toda la familia estaba presente. Rider, Elle, Zach y Pen con la pequeña Oliva, Chase y Miriam. Todos estaban muy elegantemente vestidos. Emmet iba como siempre, con sus pantalones negros y su camisa blanca.

«Yo soy la nota discordante».

En cuanto Stef les diera la noticia, ese hecho sería aún más aparente.

Fue a servirse un whisky acompañado de Stef. Cuando fue a dar un sorbo, ella se lo impidió, entrelazando la mano con la de él, por lo que Emmett se lo tomó de un trago antes de volver a dejar el vaso sobre el carrito de las bebidas.

–Emmett y yo no hemos ido a San Antonio. Hemos estado en Harlington, una pequeña ciudad a las afueras de San Antonio. Allí, yo celebré una cena de Navidad para familias sin recursos.

«Como la mía», pensó él.

–¿A Harlington? –preguntó Elle, sin poder apartar la mirada de las manos que Emmett y Stef tenían entrelazadas.

–También, cuando estábamos allí, Emmett y yo nos casamos.

–¡Dios mío! –exclamó Penelope. Ella había sido la que sugirió a Stefanie que se casara para librarse de Blake. Por su reacción, Emmett comprendió que ella jamás hubiera deseado que Stef se tomara en serio su sugerencia.

–Casados… –dijo Chase con desaprobación. Miriam estaba de pie a su lado, como si no supiera cómo digerir la noticia.

Aparte de eso, nadie más dijo nada, aunque la reacción de Zach podría haber sido bastante diferente si no hubiera tenido a su hija durmiendo entre sus brazos.

–Llevábamos negando la atracción que sentíamos durante un tiempo…

–Esto tiene que ver con Blake –la interrumpió Chase–. Has hecho para acallar los rumores de lo tuyo con Blake. Y Emmett accedió porque tú le convenciste para que lo hiciera.

–¡Eso no es cierto! –exclamó Stef, aunque para Emmett, el tono de la voz de su esposa había sonado como una admisión de culpabilidad.

–Stefanie –le dijo Pen–. Yo no me refería…

–Eso no es cierto –mintió Stefanie–. Esa podría parecer una explicación conveniente, pero Emmett y yo estamos enamorados. Es Navidad y nos dejamos llevar y…

–Y te casaste sin tu familia –concluyó Ellen. Parecía estar muy dolida–. ¿Te casaste con Emmett sin la aprobación de tu padre? ¿Sin que asistiera nadie de tu familia? En cuanto a ti, Emmett, te acogimos en nuestra familia hace muchos años, creyendo que podíamos confiar en ti y así es como nos lo pagas…

–La culpa la tengo yo –dijo Chase–. Yo fui el que le encargó que vigilara a mi hermana. Dime la verdad, Emmett. ¿Estás enamorado de ella o la estás ayudado con el problema de Blake para reparar el daño que ha sufrido su reputación y mi campaña?

Stefanie abrió la boca para hablar, pero Chase le ordenó con un gesto que se callara.

–¿Emmett? –insistió Chase presionándole sabiendo que Emmett no sería capaz de mentir.

–No estamos enamorados, pero sí nos sentimos muy atraídos el uno por el otro. Este matrimonio sirve dos propósitos. Podemos explorar nuestra atracción y, al mismo tiempo, Blake deja de ser un problema.

Rider miró a Emmett con desaprobación antes de centrar la atención en su hija.

–¿Cuánto tiempo piensas seguir con esta farsa? –le preguntó.

–No es una farsa, papá. Estamos casados de verdad. Tengo la licencia en el coche. Tengo fotos. Voy a compartirlas en redes sociales más tarde, pero quería que vosotros lo supierais primero.

Soltó la mano de Emmett y sacó su teléfono. Se lo entregó a Penelope, quien fue pasando las fotos mientras Zach y Chase miraban por encima de su hombro.

–No haces más que traer el escándalo a esta familia –dijo Elle–. Primero te acuestas con el enemigo de Chase y luego te casas con Emmett sin que lo sepamos ninguno de nosotros. ¿Y qué es eso de dar de comer a los pobres?

–Es una buena causa –contestó Stef–. Algunas familias no se pueden permitir regalos ni una cena en condiciones. Yo les proporcioné una buena cena, un lugar muy bonito y regalos para todos los niños.

–¿Investigaste a esa gente? ¿Y si eran adictos a las drogas o a la bebida? ¿Y si te estaban mintiendo o, simplemente, habían gastado más de lo que se podían permitir?

–Eran familias que necesitaban que alguien fuera amable con ellos durante unos días muy difíciles –contestó Emmett incapaz de seguir en silencio–. Su hija tiene un corazón muy generoso y hermoso. Vi cómo lloraban los padres. Ella les proporcionó un servicio que necesitaban desesperadamente. No todo el mundo tiene el lujo de vivir sin preocupaciones económicas –añadió mientras miraba a Stef y la abrazaba cariñosamente para mostrarle su apoyo–. Es el testimonio de la personalidad de Stefanie. Ella piensa en las personas que no tienen lo que ella siempre ha disfrutado. Su hija también es ya una mujer y usted debería respetar lo que ha elegido hacer en la vida, aunque no apruebe usted nuestro matrimonio.

Seguramente, Elle se había imaginado que su hija se casaría con un hombre de buena familia, acostumbrado a los mismos lujos que Stef, no con un hombre que trabajaba para su hijo mayor.

–Sé lo que estoy haciendo. No he obligado a Emmett a hacer nada. En cuanto a ti, Penelope, tu sugerencia tal vez me dio la idea, pero fui yo quien le propuso matrimonio a Emmett. Sé que él nunca me haría daño y la atracción que existe entre nosotros es real.

Zach la miraba como si acabara de tomar leche agria.

–Tú te casaste en Las Vegas sin decírselo a nadie –le espetó Stef–. Y vosotros dos –añadió refiriéndose a Zach y a Pen–, fingisteis estar prometidos cuando no era así. En cuanto a ti, Chase, Miriam y tú aparecisteis en el blog de la duquesa de Dallas mucho antes de que ninguno de nosotros supiera que volvíais a estar juntos. Soy dueña de mí misma como Zach y como Chase. Como Emmett. Solo porque soy la más pequeña no significa que sea incapaz de tomar decisiones sin vuestra aprobación.

Se acercó a sus padres y les tomó las manos.

–Os quiero mucho, pero esto no tenía nada que ver con vosotros…

–El matrimonio es amor. No una conveniencia –le dijo Ellen.

Penelope se miró los zapatos y Zach pareció algo compungido.

–Yo creo que es maravilloso –anunció Miriam. Todos se volvieron para mirarla–. ¿Y una boda por Navidad? Es muy romántico… Deberíamos celebrarlo.

Stef sonrió a su futura cuñada y le dio las gracias con un silencioso gesto.

–En ocasiones, las cosas no ocurren en su orden y no pasa nada –añadió Miriam encogiéndose de hombros–. ¿Verdad, Chase?

Chase miró a su prometida tiernamente y asintió.

–Es verdad.

Zach, cuya hija era un recordatorio físico de que, ciertamente, a veces las cosas no ocurren en el orden establecido, asintió.

–Verdad.

–Está bien. Ahora que ya está todo hablado y solucionado, vamos a cenar.

Stefanie agarró la mano de Emmett y lo condujo hacia el comedor. Él la siguió sintiendo que los ojos de todo el clan se le clavaban en la espalda.

Capítulo Siete

El silencio que reinó durante toda la cena fue ensordecedor y seguramente conduciría a un intercambio de regalos que sería menos alegre que en ocasiones anteriores.

Sin embargo, Stefanie se negaba a estropear la Navidad. Había dicho lo que sentía y estaba segura de que se había ganado a Penelope y a Miriam. Zach parecía también menos preocupado que cuando se enteró de que su esposa era indirectamente responsable.

Lo de Chase era otro asunto. Stef estaba sentada frente a él y le hizo dudar.

—¿Te vas a cambiar el apellido? —le preguntó Pen.

—No hay necesidad de eso —intervino Elle, algo molesta.

—No —respondió Stef. Hubiera preferido no estar de acuerdo con su madre, pero tenía razón. Si Stefanie se cambiaba el apellido legalmente, luego lo tendría que volver a recuperar.

A su izquierda, Emmett guardó silencio. O no estaba interesado o no quería participar en la conversación.

—Lo de los apellidos compuestos se ha puesto muy de moda. Yo pienso hace eso —comentó Miriam.

—Cuando anuncie vuestro matrimonio a la familia y amigos, simplemente explicaré que no tienes por qué llevar el apellido de tu esposo —dijo Elle, que ni siquiera había tocado la cena—. Después de todo, es un matrimonio moderno.

–Ella no es una Keaton –dijo Emmett–. No se parece en nada a los Keaton.

–Claro que lo es –rugió Rider–. Te has casado con mi hija y no vas a zafarte de tus responsabilidades como esposo. Fuera lo que fuera lo que te empujó a darle el sí quiero, lo hiciste. Ahora, honrarás tu palabra.

Stef observó aterrada las miradas que intercambiaron su esposo y su padre. Temió un enfrentamiento, pero este se disolvió cuando Emmett habló.

–Sí, señor.

–¿Os vais a ir a vivir juntos a tu casa o a la de él? –quiso saber Pen.

–A la mía –respondieron los dos a la vez.

–Yo no pienso mudarme a tu apartamento –afirmó Emmett.

–Yo tengo todo lo que necesito en el mío –replicó Stef–. Todas tus pertenencias caben en una maleta. Además, mi casa está decorada y mi árbol de Navidad es precioso y mi cocina está bien surtida. Tiene más sentido que vivamos allí.

–¿Por qué no te quedas esta noche en casa de Emmett? Tal vez te guste –les sugirió Pen.

–Se me ocurre una idea –anunció Stefanie–. ¿Por qué no dejamos esta conversación para otro momento? Así, tal vez podamos cenar y abrir los regalos en paz.

–¿Por qué la familia resulta tan agotadora durante las fiestas? –preguntó Stefanie en el coche. Entonces, se dio cuenta de que él no tenía familia–. Lo siento.

–No tienes por qué. Lo comprendo.

–¿Sientes que te he obligado a casarte conmigo? –le preguntó ella tras una pequeña pausa.

–No. Volvería a hacerlo. Creo que hay algo especial entre nosotros –contestó él mientras le apretaba cariñosamente la mano antes de volver a llevarla al volante–. Tal vez no sea hasta que la muerte nos separe, pero es algo…

–Te agradezco mucho que me compraras un regalo –dijo ella. No había sabido cómo contestarle a Emmett.

–Te lo compro todos los años.

–Sí, pero este año resultó… más raro…

Emmett le había regalado unas entradas para el baile de Año Nuevo más elegante de Dallas. Ella no tenía ni idea de cómo los había conseguido. Incluso a pesar de que era la multimillonaria más joven de Dallas, Stefanie no había conseguido que la invitaran nunca.

–¿Cómo has podido conseguir dos entradas para la fiesta de Sonia Osborne? Llevo años queriendo asistir.

–Lo sé…

Aquellas palabras fueron lo más especial de toda la velada. ¿Quién se hubiera imaginado que Emmett había estado prestando atención a todo lo que ella decía o quería?

Dirigió el coche hacia un complejo de casas modernas y acogedoras. Cuando entró en una calle, Stef se fijó que todas las casas menos una tenían adornos navideños. Esa fue precisamente frente a la que se detuvo Emmett mientras esperaba pacientemente a que se abriera la puerta del garaje.

Tras meter el coche, apagó el motor y se volvió a mirarla.

–Ya estamos aquí. Tú entra en la casa. Yo me ocuparé del equipaje.

Stef tenía mucho frío e hizo lo que él le había pedido. Accedió a la casa por la cocina. Su interior era tan masculino como el hombre con el que ella se había casado. Suelos oscuros, madera pulida, techos blancos con las vigas al descubierto. Unas lámparas con bombillas de estilo antiguo iluminaban la encimera. Entonces, accedió al salón que tenía más o menos el mismo estilo y unos amplios ventanales. Una escalera de peldaños al aire conducía a la planta superior. Si no fuera por las cálidas luces, la casa de Emmett, decorada en tonalidades marrones y grises, parecería más bien un búnker.

—Ya está acomodado en el… Ah, hola.

Stefanie se dio la vuelta y se encontró con una mujer alta y morena, de rotundas curvas. Tenía el cabello largo y muy liso y los pechos parecían estar a punto de vertérsele por el escote en uve del jersey morado que llevaba puesto. Las botas de alto tacón y los ceñidos *leggins* hacían que las piernas le parecieran infinitas.

—Estaba esperando a Emmett —ronroneó la hermosa mujer—. Me llamo Sunday.

Stefanie parpadeó sin comprender. Se cruzó de brazos sin comprender quién era aquella mujer ni por qué estaba en casa de Emmett. No recordaba que él le hubiera dicho que tuviera una hermana, pero esperaba sinceramente que así fuera.

—¿Y usted es? —le preguntó la otra mujer.

—Mi esposa —contestó Emmett mientras abrazaba a Stef—. Stefanie Ferguson. Sunday Webber.

—Esposa… vaya —comentó la mujer con sorpresa.

—¿Y Sunday es tu…? —le preguntó Stef.

—Amiga —respondió la susodicha con una sonrisa—. Oscar ya está instalado en la habitación de invitados. Caja de arena, comida y unos juguetes. Está algo enfadado por el viaje, pero se recuperará. Ya sabes cómo es.

A Stef no le gustó la familiaridad que había en aquellas palabras. Ni el hecho de que Sunday tuviera llave. Al menos, por lo de la caja de arena, podía deducir que el tal Oscar no era un niño.

–Esto sigue estando bien, ¿verdad? –preguntó Sunday mientras los miraba.

–Sí. Han sido unos días muy ajetreados y se me había olvidado lo del gato, pero está bien.

Stef tenía millones de preguntas, pero no las iba a hacer delante de Sunday.

–En ese caso, me marcho a Dénver. Muchas gracias otra vez. Lo recogeré el próximo fin de semana.

Se acercó a Emmett como si, en circunstancias normales, se hubiera despedido de él con un beso o con un abrazo, pero cuando Stef le rodeó la cintura con los brazos, a la otra mujer le faltó bufar.

Emmett abrazó con fuerza a Stefanie como si quisiera tranquilizarla. Entonces, se despidió de Sunday con una inclinación de cabeza.

–Que tengas buen viaje.

–Sé dónde está la puerta. Me alegro de conocerte, esposa de Emmett.

–Stefanie.

–Ferguson, lo sé –comentó Sunday antes de marcharse.

En cuanto salió por la puerta, Stef soltó a Emmett y se encaró con él.

–¿Qué ha sido esto?

–Voy a tomar una copa. ¿Te sirvo una también a ti?

–Hmmm… ¿Hola? –insistió ella mientras le seguía hasta la cocina–. ¿Quién era esa mujer? ¿Qué es lo que está pasando aquí?

–Era Sunday Web…

–Sí, ya sé cómo se llama. ¿Quién es?

–Es mi exnovia. ¿Te apetece algo de beber?

–¿Y qué está haciendo tu exnovia en tu apartamento? ¿Por qué tiene llave?

Emmet suspiró y abrió un armario para sacar dos copas de vino. Entonces, extrajo una botella de vino de un estante para vinos que tenía en la pared y le mostró la etiqueta. Stefanie se encogió de hombros.

–Le di la llave cuando estábamos saliendo –dijo mientras abría la botella.

–¿Y estabas saliendo con ella cuando te casaste conmigo?

–No –contestó él muy seriamente mientras llenaba su copa.

Antes de llenar la de Stefanie, la interrogó con la mirada. Stef asintió. Ciertamente necesitaba una copa de vino.

–¿Y tú cuidas de su gato?

–Es algo raro con los desconocidos. Sunday y yo somos amigos y le prometí que cuidaría de su gato. Punto final.

Le entregó a Stefanie su copa de vino. Ella le dio un sorbo. Desgraciadamente, el color rojo profundo del vino le recordaba demasiado a los labios de Sunday y al jersey que ella llevaba puesto. Frunció el ceño de nuevo.

–Si haces un poco de memoria, hace tres días no tenía planes de casarme o de salir contigo.

Ella se cruzó de brazos. Sabía que estaba siendo injusta, pero no le importaba. Rodeó la encimera y colocó su copa de vino junto a la de ella.

–¿Cómo te crees que me sentí yo cuando te fotografiaron saliendo de un hotel con Blake Eastwood?

–No lo sé –contestó ella atónita.

–Si supieras lo que me gustaría haberle hecho cuando me enteré de que él te había tocado… cuando me enteré de que te había utilizado… Si no hubiera valorado mucho la reputación de Chase o que no me enviaran a prisión, le habría hecho pedazos con mis propias manos.

No estaba bien que a ella le gustara que Emmett estuviera celoso, pero no le importaba. Se dejó rodear por aquella sensación como si fuera una manta de seguridad. Todo su cuerpo se caldeó, empezando por sus mejillas.

—No te gustaba que yo estuviera con Blake…

—No.

—Pues a mí me pasa lo mismo con Sunday Webber –dijo ella mientras extendía la mano y le tocaba suavemente el cuello de la camisa–. ¿Estuviste enamorado de ella?

—¿Y tú de Blake?

—Por supuesto que no, pero eso ya lo sabes. Respóndeme.

—Sunday fue… De eso hace mucho tiempo.

—Es muy guapa –comentó ella mientras le desabrochaba otro de los botones de la camisa y luego otro más–. Y tiene mucho pecho… –añadió mientras le daba un beso en el torso. Emmett contuvo el aliento y comenzó a acariciarle suavemente la parte posterior de la cabeza–. Di algo…

—¿Y qué quieres que diga?

—¿Qué es lo que hubiera hecho que te sintieras mejor cuando te enteraste de lo mío con Blake?

—Que nunca lo hubieras hecho…

—¿Y si yo te dijera que me sentía sola y que él era encantador, aunque falso? ¿Haría eso que te sintieras mejor?

—No.

—¿Y si te dijera que, si hubiera sabido que estarías

en mi futuro, no le habría dado a Blake ni la hora? –le preguntó ella desabrochándole el resto de los botones y deslizándole las manos por el ancho torso.

Emmett la levantó y la colocó encima de la encimera. Ella lanzó un grito de sorpresa y separó las piernas para que su enorme cuerpo pudiera colocarse entre ellas.

–Diría que me gustaría mucho.

–Ahora te toca a ti –le dijo ella mientras le acariciaba suavemente la nuca.

–Si hubiera sospechado que podía ganarme el premio de terminar en la cama de Stefanie Ferguson, habría permanecido célibe hasta mi noche de bodas.

Stefanie tragó saliva. Emmett la dejaba sin palabras.

–Aunque la noche de bodas hubiera sido nuestra única noche juntos, esperar hubiera merecido la pena.

Stefanie levantó la barbilla. Emmett no dudó en besarla mientras ella le rodeaba la cintura con las piernas. Empezó a frotarse contra él.

–Por suerte para ti, no va a ser solo una noche…

Emmett sabía que aquello era exactamente lo que Stefanie había querido escuchar, pero, al mismo tiempo, no había sido mentira. Se habría olvidado del resto de las mujeres y la habría esperado si eso le hubiera garantizado tan solo una noche con ella.

Aquel pensamiento lo dejó atónito. Estaba empezando a asimilar la cantidad de atracción contenida que había estado sintiendo por Stefanie, pero que ni siquiera había sospechado que existía. Tal vez no había sido así. Tal vez todo aquello había sido fruto de la responsabilidad que había adquirido al darle el sí quiero, combinado con la atracción que sentía hacia ella. Tal vez lo que estaba comprendiendo por fin era el significado de los votos, del honor, de la lealtad…

Stefanie no tenía que sentirse celosa de Sunday. La relación con su exnovia había sido más bien de compañía. Alguien con quien compartir una cena o ver una película. Principalmente era él quien iba a casa de ella, pero, al final, Sunday le había convencido para que le diera la llave de su casa. Aquello había sido el principio del fin. Sunday había empezado a pedirle algo más, un algo más que él era incapaz de darle. Sin embargo, a Stefanie se lo había dado sin dudarlo.

Se había asegurado que se casaba con ella para salvar la campaña de Chase y conseguir que Stefanie estuviera segura, pero, si le obligaban a decir la verdad, llevaba años sintiéndose atraído por ella. Una atracción que había estado disfrazada de preocupación, pero que había existido igualmente.

En aquellos momentos, con los labios pegados a los de ella y la punta de la lengua bailándole en la boca, sabía que se había sentido atraído hacia ella y que ardía de celos cada vez que pensaba que estaba en la cama de otro hombre y no en la suya.

No lo había comprendido cuando ella se volvió loca de celos por Sunday. Que él pudiera sentir celos de quien tocara a Stefanie, era comprensible, pero que Stefanie estuviera celosa de otra mujer… Era maravilloso… Le hacía sentirse poderoso. Le hacía querer desnudarla allí mismo y poseerla sobre la encimera.

—Mi reina —murmuró, acariciándole el cuello con los labios.

—Mmm… Eso me gusta mucho…

—¿Crees que estaría mal que te poseyera aquí y ahora? —le preguntó mientras le deslizaba una mano por el muslo.

–Puedes poseerme donde quieras, Keaton –replicó ella. Se levantó ligeramente de la encimera para que pudiera bajarle las braguitas–. Soy tu esposa, no tu dueña.

–Las dos cosas son lo mismo.

Stefanie le tiró de la camisa.

–¿De verdad? Es ese caso, tu misión esta vez es correrte antes que yo –añadió mientras le lamía suavemente el labio superior.

Emmett sonrió.

–Lo siento, cielo. Tú primera. Esas son las reglas.

–Ya lo veremos –susurró mientras le agarraba la entrepierna y comenzaba a acariciarle la erección a través de los pantalones.

Arriba. Abajo. Rápidamente. Con firmeza. Luego lento otra vez…

Emmett le sujetó la mano para no perder la cabeza.

–¿Qué diablos te crees que estás haciendo?

–Ganando –contestó ella con una sonrisa.

Emmett no lo iba a consentir. Le puso riendas a su ya débil autocontrol y le apartó la mano. Se la puso detrás de la espalda y repitió el gesto con la otra mano para que ella irguiera los pechos y los levantara cada vez que respiraba. Las pupilas se le oscurecieron de deseo

–¿Es así como me quieres? ¿Bajo control? –preguntó ella desafiándole–. A mí me gustan las cosas al revés.

–Te mereces que te trate como a una reina.

La expresión del rostro de Stefanie se suavizó y la determinación pareció desaparecer de su rostro.

Emmett decidió que Stefanie quería que la tratara bien. Se merecía que la tratara bien. Y él era el hombre adecuado para hacerlo.

La dejó sobre la encimera y fue a por un taburete. Lo colocó justo delante de ella. Cuando se sentó, su boca quedaba perfectamente alineada con la entrepierna de Stefanie. Ella sonrió y separó más las piernas, mostrándole lo que él más deseaba saborear.

—Mantén las manos a la espalda… —susurró mientras le levantaba las piernas y se las colocaba en los hombros.

—Tienes cinco minutos. Si fracasas, me toca a mí.

—No fallaré —le prometió él.

—Ya veremos… —susurró ella mientras Emmett se ponía manos a la obra.

—¡Maldita sea! —exclamó ella mientras alcanzaba el orgasmo. Tenía los labios entreabiertos de placer.

Emmett levantó la cabeza de entre los muslos mientras ella se bajaba de la encimera. Entonces, él le dio la vuelta y comenzó a acariciarle el trasero desnudo y a subirle el vestido por encima de la cintura.

—Aún no he terminado, esposa mía… —murmuró. Abrió un cajón y sacó un preservativo.

—¿Por qué tienes preservativos ahí? —le preguntó, aunque no estaba segura de querer saberlo. Emmett se lo colocó en silencio—. ¿Para Sunday?

—Cállate —musitó mientras apretaba contra ella su erección—. ¿Quieres o no?

—Sí…

—En ese caso, compórtate…

Un instante más tarde, estaba dentro de ella, tomándose su tiempo para darles placer a ambos. Muy pronto, tanto el desafío como la razón por la que guardaba preservativos en la cocina, quedaron en el olvido.

—Juntos —afirmó ella mientras echaba las manos hacia atrás y le acariciaba la nunca—. Emmett…

—Sí…

Emmett comenzó a morderle el lóbulo de la oreja y a

hundirse profundamente en ella, sujetándola con fuerza por las caderas. Un intenso placer se apoderó de ella.

–¡Ahora! ¡Ahora! –exclamó ella agarrándole con fuerza del cuello, consciente de que le estaba clavando las uñas en la carne. Y entonces…

La casa resonó con los gritos de placer de ambos. Emmett le soltó las caderas y dejó que el aliento le acariciara a ella en la oreja.

–Ha sido… maravilloso…

Esas tres palabras fueron las únicas que ella fue capaz de pronunciar. Entonces, se dio la vuelta y se puso de puntillas para darle un beso en los labios.

–Feliz Navidad, Emmett

Los amargos recuerdos le ensombrecieron la mirada, pero fue solo por un instante. Las sombras desaparecieron en un instante y fueron reemplazados por una sonrisa.

–Feliz Navidad, Stefanie.

Stefanie se excusó para ir a darse un baño. Cuando le mostró dónde estaban las toallas y todo lo que pudiera necesitar, se puso unos pantalones de chándal y una camiseta. Bajó al salón y se volvió a llenar la copa de vino.

En el teléfono móvil tenía mensajes de compañeros que formaban parte del equipo de seguridad de Chase, nada urgente, y de algunos amigos que querían felicitarle las fiestas.

Se sentó en el sofá y apretó el botón que encendía una sencilla chimenea de gas. Por primera vez, se preguntó qué opinión le merecería a Stefanie su casa. A ella le encantaba la Navidad, los adornos y las luces. Se imaginó que, en aquel sentido, su casa le parecería un lugar sombrío.

–Miau.

Se dio la vuelta y vio a Oscar, el grueso gato de Sunday. Era un gato algo torpe, pero era muy bonito. Sus impresionantes ojos verdes y el brillante pelaje marrón compensaban todo lo demás,

–Miau –repitió Oscar.

–Lo sé –le dijo él al gato–. Estás aquí una semana. Sé que no te gusta, pero te prometo que no te dejaré morir.

Oscar parpadeó lentamente y se sentó junto a él, rodeándole los pies con la cola. Una cola de la que Emmett se había olvidado cuando, unos minutos más tarde, se la pisó. El gato pegó un fuerte chillido y desapareció corriendo.

Emmett sacudió la cabeza. Cuando Sunday le pidió que le cuidara a su gato durante una semana, no pudo encontrar una única razón para negarse. Había estado con Oscar antes y se había dado cuenta de que el felino y él tenían algunas cosas en común. Los dos eran muy corpulentos, a ninguno de los dos le gustaban las cosas superfluas, los dos estaban solteros y les encantaba la ensalada de pollo.

Miró hacia arriba y se preguntó cuánto tiempo pasaría en la bañera su esposa. Se preguntó si podría ir a reunirse con ella. Sonrió, pero decidió darle un tiempo para sí misma.

En aquel momento, su teléfono empezó a sonar. Lo respondió sin mirar. No le hacía falta. Aquel tono pertenecía exclusivamente a uno de sus contactos.

–Hola, jefe.

–Dame una buena razón para que no te despida.

–Se me da mejor que a nadie cuidar de tu seguridad.

–Si le haces daño, Em, te las verás conmigo. Ni mi

puesto de alcalde, ni el decoro ni nuestra amistad evitarán que te dé una buena paliza.

–Comprendido.

–¿Es real todo esto o por lo menos alguna parte? Necesito saber si ella… si la estás utilizando o si sientes algo por ella.

–Es una mujer adulta. Y yo no soy Blake. Dame un poco de crédito.

–Esa no es respuesta.

–Yo respondo ante ti por mi trabajo, no por mi vida personal.

–Emmett…

–Chase, llevo siendo parte de tu vida mucho tiempo. Aprecio mucho a todos los miembros de tu familia. No debería preocuparte que yo fuera a hacerle daño. Valoro a tu familia más que a mi propia vida.

Chase suspiró. Seguramente sabía que Emmett le estaba diciendo la verdad. Emmett valoraba la lealtad por encima de todas las cosas.

–Si la balanza se inclina a un lado, si notas que está empezando a sentir por ti más de lo que tú sentirás nunca por ella, no sigas con ella. Déjala ir. Prométemelo, Emmett, o estará en juego mucho más que tu trabajo. Te apartaré de mi familia tan rápidamente que será como si nunca nos hubiéramos conocido el uno al otro. Si tengo que elegir entre mi familia y tú…

–Tu familia siempre irá primero –dijo Emmett. Sintió que el corazón se le rompía al darse cuenta de lo que aquello significaba.

Él no era familia. No era sangre de su sangre. Para los Ferguson, la sangre importaba más que una amistad que duraba ya más de una década. De hecho, le había sorprendido que Rider y Elle le dejaran marcharse de su casa con su única hija después de que él hubiera mancillado el árbol familiar de los Ferguson con una hoja de los Keaton.

Por mucho que le doliera, no podía culpar a Chase por defender a su hermana.

—Lo comprendo.

Capítulo Ocho

Un ligero movimiento atrajo su atención hacia la escalera. Stef, envuelta con un grueso albornoz de Emmett que ella debía de haber encontrado en el vestidor, bajaba las escaleras como si fuera un miembro de la realeza.

«Mi reina».

Sin embargo, ella llevaba el ceño fruncido.

–Oí que sonaba el teléfono. ¿Cuál de los superprotectores miembros de mi familia te ha llamado? –le preguntó mientras se sentaba en el sofá junto a él, sobre sus propias piernas–. A ver si lo adivino. Al que sirves como si te hubiera nombrado caballero.

Emmett no respondió dado que ella había acertado.

–Ese fuego es muy agradable.

Emmett la abrazó. No solía abrazar a sus parejas, pero, con Stefanie, no lo podía evitar.

–No tienes ni un solo adorno de Navidad –comentó ella.

–No tienes por qué quedarte aquí

–No es eso lo que quería decir –replicó ella empujándole suavemente–. Comprendo por qué no lo has hecho. ¿Dónde está tu padre ahora?

–Probablemente en casa. O en un bar.

–¿Lo ves con frecuencia?

–No.

–¿Y te gustaría hacerlo?

–No.

–Lo siento mucho…

–No tienes por qué. Es lo que es –comentó él mientras le acariciaba la mejilla con los nudillos.

–Bueno, tiene que admitir que estas son las Navidades más particulares que has tenido nunca –bromeó.

–Inolvidables –afirmó él.

Emmett nunca la olvidaría. Si Stefanie empezaba a sentir demasiado por él, más de lo que él pudiera darle, la dejaría que volviera a casa con su familia. Él se marcharía de allí para siempre.

Una parte de él protestó, pero si tenía que dejarla marchar, lo haría. Lo haría para protegerla. Lo haría por ella.

Lo haría… aunque no deseara hacerlo.

«La duquesa de Dallas. Maldita sea…».

La bloguera había compartido el *tweet* que Stefanie había publicado aquella mañana, pero, en vez de darle la enhorabuena, había puesto la foto de bodas de Emmett y Stefanie junto a un jugoso y malintencionado titular.

Stefanie Ferguson se rebaja para casarse con el servicio.

Y, por supuesto, también había ya un comentario de Blake, ese asqueroso montón de…

–¿Quieres otro? –le preguntó Emmett mientras le ofrecía una caja de donuts.

–No. Uno es mi límite.

–Cobarde…

Emmett tomó otro donut y se comió gran parte de un solo bocado. Un murmullo de placer le resonó en la garganta.

–¡Por el amor de Dios! –exclamó ella.

Dejó a un lado su iPad y se puso de pie para ir a por donut, pero él apartó la caja y se metió el resto del que se estaba comiendo en la boca. Después, volvió a ofrecerle la caja y ella pudo tomar uno cubierto de chocolate y le dio un pecaminoso bocado. Tras unos sorbos de café, se sentó al lado de él en el sofá.

–Normalmente, no me dejo llevar por algo tan decadente –dijo ella mientras Emmett se ponía de pie y se llevaba la caja a la cocina. Regresó con una taza de café en la mano.

–Yo tampoco. Para que quede claro a lo que me refiero, hablo de despertarme y hacerte el amor.

Qué tierno… Stefanie no se había dado cuenta de lo tierno que podía ser Emmett hasta que se había casado con él. Antes se había convencido de que los dos se odiaban. De hecho, durante años se había dicho que él solo la toleraba porque era la hermana de Chase. Sin embargo, eso no podía ser cierto. Emmett se había metido en su vida y en su cama casi sin esfuerzo alguno.

Se inclinó para besarla.

–¿Estás lista?

–Sí –contestó ella. Se levantó y se puso el abrigo mientras Emmett iba a por el suyo–. Aunque no creo que nadie del mundo libre debería ir a trabajar hasta después del día de Año Nuevo.

Sin embargo, Stefanie tenía una cita con Penelope que no podía ignorar. No se había dejado mucha elección.

Emmett la dejó en la puerta de la casa de Zach y Penelope. Zach salió a recibirlos, dado que, sin duda, también estaba a punto de marcharse a trabajar. Penelope tenía su despacho en casa desde que nació su hija.

Emmett bajó la ventana al ver que Zach se acercaba.

–Hola, hermano –le dijo Stefanie alegremente–. Antes de que nos empieces a echar un discurso que terminen haciéndote parece que eres la sartén que le dice al cazo que se aparte porque le tizna, deberías saber que Chase te ha ganado la partida y que me importa un comino lo que penséis los dos.

Lanzó a su hermano un beso. Después, agarró a Emmett por el cuello del abrigo y le dio un beso de verdad, que él le devolvió, aunque algo tenso.

Con eso, Stefanie los dejó a los dos a solas y anunció su llegada a Pen muy sigilosamente, por si Olivia estaba durmiendo.

–Estoy aquí. Olivia está arriba jugando con la niñera –le dijo Penelope desde su despacho. Le indicó a Stefanie que pasara y Penelope cerró la puerta.

–Supongo que habrás visto el blog –comentó Stef mientras se sentaba en el sofá.

–Claro. Lo visito con regularidad. ¿Té?

–Por favor.

Pen sirvió dos tazas en una pequeña mesita que tenía detrás de su escritorio y las colocó sobre un delicado platillo a juego antes de ir a sentarse junto a Stef en el sofá.

–¿Cómo va todo? –le preguntó.

–Bien.

–¿Cómo de real es tu matrimonio? ¿Lo habéis consumado ya?

–¡Penelope!

–¿Ya?

Stef dio un sorbo al té antes de admitir la verdad.

–Varias veces.

–Te voy a decir algo que no es muy popular.

–Creo que Chase y Zach ya te han dejado en tercera posición.

–Me gusta la pareja que hacéis.

Aquello no era lo que Stef estaba esperando escuchar.

–Emmett siempre te ha observado –prosiguió–. Nunca me había parado a pensarlo, pero ahora que estoy en la familia y lo he visto en varias ocasiones… Emmett siempre ha estado en tu órbita.

–Supongo que yo siempre había dado por sentado que él estaba en la de Chase.

–Sí, pero creo que también en la tuya. Sabe que, formando parte de los Ferguson, tiene también el beneficio de estar también cerca de ti.

Ciertamente, había estado muy cerca últimamente. ¿Durante cuánto tiempo seguiría siendo así? Stefanie se había casado con él sabiendo que él podría marcharse. Dudaba que Emmett permaneciera en un matrimonio que solo lo era en apariencia. Si no había podido hacerlo funcionar con la exuberante Sunday, con la que no le había costado mantener la amistad, Stef no estaba segura de que Emmett y ella pudieran tener una oportunidad. Nunca habían sido amigos.

–Dudo que sea el tipo de hombre de los de para siempre, así que no te emociones –le dijo a su cuñada.

Pen mostró su desacuerdo con un sonido muy expresivo y dejó la taza de té con el platillo sobre la mesa.

–¿A qué ha venido eso?

–Tú eres la que le hiciste ver a Zach la situación cuando él y yo nos separamos. ¿Cómo puedes decir que Emmett no tiene esperanza?

–Eso es diferente. Resulta evidente que Zach está enamorado de ti.

–Y yo estoy enamorada de él –replicó Pen con una sonrisa–. ¿Y tú, estás enamorada de Emmett?

–¿Qué? ¡No! ¿Cómo? –exclamó Stefanie mientras Pen guardaba silencio–. No puedo estar enamorada de él. Solo llevamos casados treinta y dos horas.

–Sí, pero hace años que lo conoces…

–Lo que estás diciendo no tiene sentido –replicó Stef dando por terminada aquella conversación. Se estaba empezando a sentir muy incómoda–. Ahora, aconséjame cómo comportarme en público con él. Eso es lo que quiero saber. Lo único que quiero saber.

No quería ni pensar que su corazón pudiera seguir el mismo camino que su cuerpo, que pudiera tropezar y terminara enamorándose de él.

Sin embargo, Pen no parecía estar muy convencida.

–Mmm…

Bueno, Stefanie no tenía que convencerla. De hecho, no necesitaba convencer a nadie de nada. Ciertamente, no necesitaba asegurarse que el futuro les reservaba a Emmett y a ella un final feliz.

Imposible.

Tan sencillo como eso.

Capítulo Nueve

–Trata de aparentar que no estás tan a disgusto.

Stefanie iba agarrada del brazo de Emmett. Estaban el uno junto al otro en la fiesta benéfica que se celebraba en el museo. Ella le había llevado al evento, que se celebraba en el museo de Arte de Dallas, pero había sido idea de Open que los dos asistieran a la fiesta privada.

Stefanie llevaba la habitual expresión que llevaba en actos públicos. Mientras tanto, él no podía dejar de fruncir el ceño. No se le daba bien fingir y, en realidad, le importaba un comino lo que pudiera pensar la gente.

Tenía los brazos a ambos lados del cuerpo y los puños apretados. No paraba de recorrer la sala con la mirada en busca del despreciable Blake Eastwood, que, según Pen, figuraba entre los invitados.

–Parece que estás buscando sangre –le susurró Stef mientras los dos atravesaban las cortinas de terciopelo que servían como entrada a la fiesta. El guardia de seguridad les pidió las invitaciones y Emmett se las dio.

Pen también había organizado que un fotógrafo les tomara algunas instantáneas abrazados o muy juntos. Las fotos se llevarían una mención de honor si el rostro airado de Blake aparecía en un segundo plano.

–Respira.

–Estas cosas no se me dan tan bien como a ti.

Stef le condujo a una de las pinturas, en la que aparecían ángeles y demonios, personas con cuchillos atravesándoles el vientre y perros gruñendo con los dientes al descubierto. Su esposa se apretó junto a él. Llevaba un vestido negro muy corto, con una abertura a un lado que dejaba al descubierto cuando caminaba parte de uno de sus cremosos muslos. Las botas por la rodilla y de alto tacón.

El hecho de estar pendiente de ella le ayudaba a estabilizar su temperamento. Stefanie ejercía un efecto tranquilizador sobre él, seguramente por el hecho de dormir a su lado. Antes siempre le había ocurrido todo lo contrario. Se sentía tan tenso como la cuerda de un arpa.

–Mírame –le dijo ella–. Finge que soy la única persona que hay en la sala para ti.

–No puedo –susurró él–. Mi entrenamiento me ha llevado a darme cuenta de que el anciano que está de pie junto al Renoir te está mirando el culo y una mujer rubia, que está junto al cuadro de una mujer bien dotada que come uvas, lleva haciendo fotografías todo el rato.

–Esa es la fotógrafa que ha contratado Pen.

Emmett volvió a mirarla e hizo lo mismo con el anciano.

–Por cierto, ¿no era Renoir un impresionista? Me da la sensación de que está en la sala equivocada.

–Impresionante, señor Keaton.

–Tengo mis momentos.

Siempre había estado pendiente de Stef porque siempre estaba pendiente de Chase y ella era un miembro de su familia. La consideraba una vez… Eso no era cierto. Se estaba mintiendo. Había sentido desde hacía tiempo una atracción hacia ella que eclipsaba al resto de los Ferguson. Después de la boda, el deseo de protegerla era más fuerte que nunca y parecía crecer día a día. Los votos matrimoniales significaban mucho para él.

Stef lo llevó a ver otro cuadro. Este estaba situado en una parte más tranquila de la sala.

–¿Qué te parece aquí? –le preguntó ella.

–Perfecto. Vivamos aquí –respondió Emmett. Miró a su alrededor para asegurarse de que nadie los estaba observando. Cuando la mano de Stef le rozó inocentemente la bragueta, él se sobresaltó y volvió a mirarla.

–Soy la única persona aquí…

–Si eso fuera cierto, te aseguro que lo pagarías –murmuró él mientras acercaba los labios a los de ella.

Ella le pellizcó la nariz y Emmett, sin poder evitarlo, le sonrió. Entonces, le rodeó la cintura con el brazo. El gesto con el que ella inclinó la cabeza le dijo a que estaba posando.

–¿Ahora?

–Sí. La fotógrafa. Bésame.

Emmett había tenido la intención de darle un casto beso, pero para ellos la castidad siempre parecía algo inapropiado. Cuando Stef comenzó a besarle con la lengua, Emmett perdió el control.

De repente, ella pareció mirar al otro lado de la sala. Entonces, agarró a Emmett por el brazo y se lo apretó con fuerza.

–Está aquí.

Emmett no tuvo que preguntar a quién se refería. Lo sabía perfectamente. Blake. Llevaba del brazo a una mujer menuda de ojos grandes, y se movía por la sala como si fuera de su propiedad. Asqueroso canalla. En ese momento, Blake se dio la vuelta y vio a Stefanie y a Emmett. Se detuvo en seco.

Emmett estrechó a su mujer entre los brazos como si quisiera indicarle que ella era suya.

Blake, que parecía incapaz de captar una indirecta,

se excusó de la mujer que lo acompañaba y se dirigió inmediatamente hacia ellos.

—Stefanie —dijo ignorando a Emmett.

—Blake —replicó ella. Había colocado una mano sobre el torso de su esposo como si estuviera alisándole la corbata, pero Emmett sabía que lo estaba haciendo para contenerle. No funcionó. La necesidad de darle a Blake un puñetazo era más fuerte.

—He notado que… —comenzó Blake.

—Aléjate ahora mismo de ella —le espetó Emmett. No era lo que se esperaba de él, pero no le importó.

—Relájate, Keaton. Evidentemente, has ganado este *round*. Sin embargo, tengo que decir que jamás pensé que ella se vendería a alguien como tú.

Emmett se tensó y Stefanie se apresuró a sujetarle el brazo. Blake se apartó y le dedicó a Stefanie mezquina sonrisa.

—Es mejor que mantengas a tu perro con correa, Stef. ¿Fue lo mejor que pudiste encontrar en tan poco tiempo? ¿Un animal salvaje al que no se puede sacar en público?

—Mejor un animal salvaje que un baboso y rastrero reptil —replicó ella.

Soltó el brazo de Emmett, de lo que no tardó en arrepentirse. Emmett ya estaba harto de tanta conversación.

—Eso no fue lo que dijiste cuando te llevé a la cama, a menos que te refieras a…

Emmett terminó de zafarse de Stef y le dio a Blake un puñetazo en toda la cara.

—Te lo había advertido —gruñó.

El resto de los invitados se quedaron boquiabiertos y dieron un paso atrás. La rubia fotógrafa echó a correr para tomar una fotografía de lo ocurrido.

Emmett, por su parte, ya estaba harto de estar allí. Agarró a Stefanie de la mano y la sacó de la sala. Los invitados les abrieron camino a su paso como si fueran bolos elegantemente vestidos.

–Por mucho que lo intento, no puedo estar disgustada contigo.

Stefanie apartó la bolsa de hielo de la mano de Emmett para poder inspeccionarle los enrojecidos nudillos.

–No tienes heridas, menos mal. Impresionante –añadió.

–Ese tipo tiene la cara muy blanda. Ya está bien de hielo.

Stef fue a la cocina y dejó la bolsa en el fregadero. Regresó al salón con una cerveza para él y una copa de vino para sí misma. Emmett aceptó la cerveza y le dio varios sorbos. Stef observó cómo se le movía la nuez al beber. No había nada en aquellos momentos que deseara más que deslizarle la lengua por encima. Nunca había considerado sexy a Emmett, pero desde hacía algunos días, no podía dejar de preguntarse cómo lo había podido pasar por alto.

–Miau…

Oscar se acercó al sillón en el que Stef se había sentado. Ella le acarició el lomo y el animal se arqueó con el contacto, levantando la cola como si fuera un signo de interrogación.

–Me gusta este gato a pesar de que pertenezca a tu ex. Supongo que ya no tardaremos en verla.

–Tardaremos. Ha alargado el viaje.

–¿Y te ha dejado a ti al gato?

Stef volvió a acariciar a Oscar. El gato había reclamado para sí la habitación de invitados, pero iba cada mañana a saludar a sus cuidadores temporales. La mayoría de las veces, se acercaba a Stef para que lo acariciara, le diera los buenos días y bajara a la cocina a darle su comida. A Stef no se le pasaba por alto que, muy pronto, el gato, el matrimonio y su vida con Emmett alcanzarían su fecha de caducidad. Muy pronto, estaría en su propia cama, sin gato y sin Emmett. Aquel pensamiento le dolió más de lo que debería.

No sabía que le gustaran los gatos. Ni Emmett.

–¿Qué te vas a poner para ir a la fiesta de Año Nuevo?

–¿Cómo has dicho? –preguntó él muy confuso.

–Las entradas que me compraste para la fiesta de Año Nuevo –repitió–. Vas a venir conmigo.

–En realidad, no me imaginé acompañándote cuando te las conseguí.

–¿A quién te imaginaste?

–A… otra persona.

–Espero que no fuera Blake.

–No, a Blake no. A alguien… que no se pareciera a mí –dijo. Pareció estar pensando en varias opciones antes de contestar.

–¿Te refieres a alguien que… a alguien que no trabaje para mi familia?

–Así es.

–¿A alguien que sepa cómo comportarse en público? –le preguntó ella. Se levantó del sillón y se sentó con él en el sofá.

Stef cruzó una pierna sobre la otra. Emmett observó la longitud de las botas. Ella ya le había sorprendido admirándolas antes.

–¿Te gustan?

–Muchísimo.

–¿Quién hubiera creído que la atracción se escondía debajo de… tanta animosidad? Siempre pensé que me odiabas –comentó ella mientras jugueteaba con el cuello de la camisa de Emmett–. El modo en el que me mirabas cuando iba a visitar a Chase a su despacho, o cuando tú venías a casa de mis padres… Así –añadió señalándole el rostro–. Me apuesto a que nadie se cree que estamos enamorados.

–La línea que separa el odio del amor es muy delgada…

Emmett rompió el contacto visual con ella. Stef vio que resultaba muy fácil admirarle… Nunca antes había pensado que lo admiraría. De hecho, pensaba que él sentía tanta antipatía por ella, como Stef hacia él.

Sin embargo, en aquellos momentos, parecía que se gustaban mutuamente. ¿Cuándo había ocurrido aquello? Suponía que en algún momento desde que entraron en el ayuntamiento y el instante en el que él le colocó el anillo en el dedo e insistió en comprarlo. De repente, Stef comprendió que lo que había entre ellos no se podía considerar exclusivamente físico. La volvía loca en la cama, sí, pero también en la vida diaria, como aquella noche, cuando le rompió la nariz a Blake.

Dios, esperaba que se la hubiera roto.

Ningún hombre la había tratado como si fuera de oro aparte de sus hermanos y su padre, claro está. Nunca le había ocurrido en una relación romántica. Ella siempre había estado dispuesta a divertirse y a dejar claro que no quería ataduras y, sin embargo, ahí estaba. Divirtiéndose y atada.

«Temporalmente», se recordó. No podía olvidarse de esa parte.

Sin embargo, en momentos como aquel, deseaba poder borrar aquel detalle de su memoria.

Capítulo Diez

Por suerte, no vio la luz ninguna foto de lo ocurrido en el museo. Penelope tuvo que hablar con la fotógrafa y pagarle generosamente para que guardara en un cajón las imágenes en las que se veía cómo Emmett le pegaba a Blake un buen puñetazo. La historia quedó oficialmente muerta. La duquesa de Dallas habló de rumores en los que se decía que Blake tenía los dos ojos morados, pero había sido «incapaz de hablar con él para confirmarlo».

Por otro lado, en cuestión de un par de días, Stefanie se fue alejando del primer puesto de los comentarios online para colocarse más o menos en el medio de las listas. Nunca antes había estado tan feliz de dejar de ser *trending topic*.

Dejó el teléfono en la encimera cuando Emmett entró en la cocina. Acababa de ducharse y estaba preparado para irse al trabajo. Su mirada salvaje le recordó todo lo que ella le había hecho la noche anterior y, a su vez, todo lo que él le había hecho a ella por la mañana.

Compartir su cama con Emmett era mucho mejor de lo que había anticipado. Apenas echaba de menos su casa. Tan solo los detalles que la hacían convertirse en un hogar.

–Necesitas algunos cuadros –le dijo.

–¿Por qué?

–¿Qué es lo que te gusta? –le preguntó ella en vez de responder.

–No me gusta tener que limpiarles el polvo a superficies superfluas.

Menuda respuesta. Stefanie decidió cambiar de tema.

–Ya no estamos en la lista de las diez personas sobre las que más se habla en Dallas –dijo–. Blake se ha retirado a su agujero. Por el momento.

–Bien. Iré a hablar con el personal de la oficina del alcalde para asegurarme de que la presión a Chase también ha bajado –comentó Emmett mientras se servía una taza de café–. Si lo pensamos bien, debería haber sido él quien hubiera tenido que casarse para salvar su campaña y quitarte presión a ti.

Aquel comentario quedó flotando en el aire como si fuera un mal olor.

–¿Acaso te arrepientes? –le preguntó ella.

–Esa es la pregunta equivocada.

–Esa no es una respuesta.

–No. No me arrepiento. Arrepentirse es tan inútil como preocuparse. Así que deja de hacerlo –afirmó. Se acercó a ella y le dio un beso en la frente.

–La fiesta es mañana.

–Lo sé.

–Voy a tener que ir a mi apartamento a buscar en mi armario. He estado demasiado ocupada como para ir a comprarme un vestido y ahora es demasiado tarde.

–La tragedia del qué ponerse –comentó él con una buena dosis de sarcasmo.

–¡Es culpa tuya! –le acusó ella con una sonrisa–. Me mantienes en la cama más tiempo del que he estado nunca antes.

Emmett dejó le tomó de la mandíbula.

–Eso es porque, en la cama, hay cosas más divertidas que hacer contigo que fuera de ella.

Stef saboreó sus labios una vez más y se perdió en la fantasía en la que se había convertido su vida. La vida de ambos. Todos los días regresaban a casa para encontrarse el uno con el otro y con Oscar, el gato. Discutían sobre la ropa y sobre qué cuadros poner en la casa.

Cuando Emmett profundizó el beso, ella se preguntó si su esposo no estaba haciendo eso para dejarse llevar por el presente en vez de enfrentarse a la realidad.

Chase asintió con gesto definitivo, pero había algo más en sus ojos.

—Suéltalo, jefe —le dijo Emmett mientras cerraba la puerta del despacho y se acercaba al centro de la sala para colocarse frente a su mejor amigo con los brazos cruzados sobre el pecho. Su armadura.

—¿Cómo va todo? —le preguntó Chase. Emmett levantó una ceja al escuchar aquella pregunta tan suave.

—Genial.

—Hablo en serio.

—El mundo es perfecto —respondió.

Chase sacudió la cabeza y se pellizcó la nariz.

—Dios, qué lío...

Emmett no sabía si se refería a que él se hubiera casado con Stefanie o al drama de Blake.

—Por el momento, no hay presión alguna para ti, así que relájate.

—Doy por sentado que esta mañana por la noche vas a asistir a la gala de Año Nuevo.

—Eso me han dicho.

—Mimi y yo también iremos. Sonia Osborne me ha enviado un par de entradas. Evidentemente, parece que le gusta el alcalde.

Chase se colocó la corbata y levantó la barbilla. Aquella actitud le sentaba bien a Chase. Emmett la prefería a que su mejor amigo le amenazara con echarle a patadas de la única familia que había tenido nunca.

Esa era la conclusión inevitable. Stefanie ponía el corazón en todo lo que hacía. Cenas benéficas, su atuendo para eventos, matrimonios…. Ella estaba metida hasta el fondo. Emmett lo sentía. La tragedia era que tenía que mantener la promesa que le había hecho a Chase. Tarde o temprano, tendría que alejarse de ella porque no su corazón no estaba preparado para entregarse por completo a nada o a nadie.

El miedo a perderlo todo se apoderó de él. Una vez más.

—No tengas un aspecto tan desmoralizado. Es solo una fiesta, no un desastre natural –dijo Chase–. Lo único que tienes que hacer es presentarte, tomarte unas copas y darle un beso de Año Nuevo… a mi hermana.

Añadió las tres últimas palabras como si se le acabaran de ocurrir.

—Supongo que te está costando acostumbrarte a eso –añadió Chase mirando fijamente a Emmett. Este bajó los brazos–. Supongo que a los dos.

A pesar de la esperanza que notó en la voz de su amigo, Emmett no podía estar de acuerdo.

—Stef y yo estamos muy bien.

Chase lo miró fijamente.

—No me gustaría que ella no fuera feliz. Ni tú.

—Con el debido respeto, jefe, la importante es ella.

—Estamos de acuerdo –afirmó Chase. El teléfono de Chase y el de Emmett comenzaron a sonar al mismo tiempo–. El trabajo llama.

Emmett miró su teléfono para ver de quién era el mensaje. Salió del despacho mientras la voz de Chase empezaba una conversación telefónica. El mensaje encendió la pantalla del teléfono como el cerebro de Emmett.

Se trataba de una foto con un mensaje. La foto eran las botas altas y sexys de Stefanie, las que tanto le gustaban a Emmett. El mensaje lo dejó atónito.

¿Qué te parece si me pongo estas botas esta noche? Y nada más.

—Em.

Era la voz de Chase a sus espaldas.

Emmett se metió el teléfono en el bolsillo con el mismo sentimiento de culpabilidad que si Stef le hubiera enviado una foto desnuda.

—¿Qué? —le espetó.

Chase frunció el ceño. Aún tenía el teléfono en la mano. Sí. Trabajo. Chase le indicó algo de lo que debía ocuparse. Emmett escuchó atentamente. Poco a poco, fue descendiendo a la tierra. Tras decirle a su jefe que se ocuparía del asunto, cerró la puerta del despacho de Chase y se puso a trabajar.

Penelope estaba muy sonriente con una copa de vino en la mano. Se había tomado un descanso en el trabajo cuando Stef la llamó para que se pusieran al día. La invitación no era porque necesitara hablar con ella sobre temas de relaciones públicas, sino porque Pen era su cuñada y Stef no se había portado muy bien con ella. Últimamente la relación entre ambas había sido por la situación en la que Stef se había metido y por la necesidad de que Pen le echara una mano.

—¿Les apetece algo más, señoras? —les preguntó la camarera.

–Solo la cuenta –dijo Penelope.

–Invito yo –anunció Stef. La camarera asintió y se marchó–. Te lo debo, Penelope. También…

Sacó su teléfono móvil, abrió el mensaje que le había enviado a Emmett antes de almorzar y se lo mostró a Pen.

El rostro de Penelope permaneció serio hasta que se dio cuenta de que Stef no le estaba mostrando un nuevo asunto del que tuviera que ocuparse, sino un secretillo que ella no le había contado a nadie.

–Me encanta –replicó orgullosa–. Pero me gusta aún más la respuesta de él.

Stef sonrió y volvió a leer el mensaje de Emmett por décima vez.

Sí, por favor.

Nada más. Se había expresado como lo hacía normalmente. Solo dos palabras. Directo al grano.

–Veo que lo vuestro está funcionando muy bien.

–Aún es pronto para decirlo. No estoy segura de que hayamos pasado ya lo más difícil de esta prueba.

–Por eso no te preocupes. Creo que Miriam dio en el clavo la noche que tú anunciaste que os habíais casado. Tampoco creo que sea necesario que todo el mundo intente hacer las cosas bien por ti. Tus padres tienen buena intención al preocuparse por ti, pero eres una mujer adulta. Tomas tus propias decisiones y, si ellos no las aceptan, tienen que aguantarse.

–Así es –afirmó Stef. Se sentía empoderada. Había estado tratando de demostrarles eso mismo a ellos… a todo el mundo. Ya era una mujer responsable–. No he hecho esto para hacerles daño. Lo he hecho por mí misma. Y por Chase.

–¿Y los padres de Emmett? ¿Les dio una especie de ataque cuando les disteis la noticia?

–A su padre no se lo hemos dicho. Y su madre murió hace tiempo –no se sintió con derecho de decir más.

–Vaya, lo siento. Di por sentado que no se llevaban bien dado que Emmett siempre está presente en todas las fiestas de los Ferguson. En años, forma parte de esta familia más que yo. ¿Piensa hablar con su padre?

–Que yo sepa, no. Es… complicado…

–Dale tiempo. Si llega el momento de que incluyáis a su familia en vuestra vida, lo sabréis.

–Eso es esperar mucho, Pen.

–No hace mucho tiempo, yo estaba empezando de nuevo con mi empresa aquí en Dallas, había jurado que jamás dejaría que se me acercara un hombre y estaba bastante segura de que jamás tendría hijos. Ahora, estoy casada con un magnate petrolífero, tengo una hija y soy consejera de la familia más rica de Dallas.

–No solo consejera –le dijo Stef apretándole cariñosamente la mano–. Eres parte de la familia.

Igual que Emmett. Como él había sido siempre.

Sin embargo, para Stefanie, ese vínculo había tomado una tonalidad más interesante. Él estaba a su lado, ayudándola a ver la vida de un modo diferente. A ser más fuerte.

–Me gusta tenerte de cuñada, Stef. De hermana en realidad –afirmó Pen, que era hija única–. Es un honor.

–Lo mismo te digo. Eres lo mejor que le ha pasado nunca a Zach.

–Me da la sensación de que Emmett siente lo mismo por ti –comentó Pen. La camarera acababa de llegar con la cuenta.

Stefanie sintió escalofríos al considerar aquella posibilidad. ¿Sería eso cierto? La posibilidad daba vértigo. Miedo. ¿Estaba ella lista para algo tan… relevante para su vida?

–Que os divirtáis con esas botas esta noche –añadió Pen con una pícara sonrisa.

–Seguro que sí –afirmó ella.

Mientras pagaba la cuenta, tuvo que admitir que la afirmación de Pen había arraigado en ella. ¿Podría haber más posibilidades para el matrimonio de Stef y Emmett? Esa perspectiva la excitó más aún que las sexy botas.

–¿Hola? –dijo Stef al llegar a la oscura y vacía cocina de Emmett.

–Estoy aquí.

Entró en el salón y lo encontró delante de la chimenea con una cerveza en la mano y el ceño fruncido.

–¿Todo bien? –le preguntó. Habría esperado que él, al menos, se sintiera contento de verla.

–Sí.

Stef sacó la botella de champán que llevaba en una de las bolsas que llevaba en la mano.

–Pensé que una velada sexy debe empezar con champán.

En realidad, había pensado más bien que podrían disfrutar de una velada romántica, pero el adjetivo le parecía demasiado para Emmett.

–Tengo una cerveza, pero gracias –dijo él. Stef se tragó su desilusión–. Estás muy guapa –añadió. Se acercó a ella para darle un beso que Stef aceptó–. ¿Quieres que te sirva una copa?

–No, no importa. Lo guardaremos para otra ocasión. ¿Qué te pasa?

–He hablado con Chase hoy.

–Vaya, ese comentario sí que arruina el ambiente –comentó ella. Volvió a meter el champán en la bolsa y la dejó junto a las otras.

–No quiere que seas infeliz. Y yo tampoco.

–No lo soy.

–¿Estás segura? Porque si no eres feliz, no tienes que permanecer casada conmigo hasta la reelección de tu hermano.

Stef lo miró atónita, principalmente porque ella había empezado a pensar en la dirección opuesta: que, tal vez, si a él le parecía bien, podrían seguir casados más tiempo.

–No quiero que te vayas, pero si eso es lo quieres, lo acepto.

–Emmett –afirmó ella mientras le colocaba la mano sobre una mejilla–. No quiero marcharme –añadió. Emmett respiró aliviado–. Además… ¿Y si lo nuestro desafiara toda lógica y consiguiera salir adelante? ¿Y si seguimos casados, disfrutando del sexo, y tú sigues defendiendo mi honor en los eventos públicos?

–¿Qué es lo que estás diciendo? –le preguntó él con expresión torturada.

–Que lo nuestro está funcionando. Eso es lo que estoy diciendo.

Emmett se dio la vuelta y comenzó a frotarse la mandíbula.

–No se puede saber si está funcionado después de unos pocos días.

Stef no estaba segura de si a él le atormentaba más la idea de que pudieran durar o la de que no.

–Muchas parejas se rompen después de décadas de estar juntos. ¿Acaso crees que ellos lo sabían mejor que nosotros? –le preguntó ella acercándose a él. Le apartó la mano del rostro y le sonrió–. Tú no tienes mi instinto. Yo confío en mi instinto.

Stef le deslizó un dedo por el cuello hasta la camisa abierta. Estuvo a punto de agarrarle del cinturón y tirar de él para que la llevara al dormitorio, donde la conversación siempre se desarrollaba en los mismos términos.

Resultó que no tuvo que hacerlo. Emmett la levanto entre sus brazos.

–El champán puede esperar –afirmó mientras empezaba a subir la escalera–. Tengo planes para ti y para esas botas.

Capítulo Once

Cuando Emmett le regaló las entradas de la gala de Año Nuevo por Navidad a Stefanie, había estado seguro al cien por cien de que él no sería el acompañante. Había estado seguro de que el hombre que fuera con ella sería refinado, elegante y sabría sonreír a la cámara.

Es decir, no sería nadie como él.

Se colocó la pajarita y sintió que le subía la tensión.

Era consciente de la responsabilidad que le debía a Stef y a su familia. Sin embargo, cada vez era más consciente de que la atracción que sentían el uno por el otro no se iba a desvanecer en la nada.

No había podido olvidar las palabras que Stef había dicho sobre su matrimonio. «Está funcionando. Eso es lo que estoy diciendo».

Efectivamente, estaba funcionando. Mientras no confundiera el sexo con algo más… profundo.

Stef no estaba atada a él. Si quería recuperar su vida de antes, él no se opondría. Sin embargo, él sí estaba atado a ella y a los Ferguson. Había jurado que los protegería a cualquier precio. Eso eran lo que hacían las familias. Los propios Ferguson se lo habían enseñado, dado que su propio padre le había dado un horrible ejemplo. Su padre se había olvidado de sus responsabilidades para con un niño de seis años, de su responsabilidad de decirle a familia y amigos cómo contactar con ellos en vez de cerrarles la puerta. Cuando por fin, al cabo de los años, Emmett pudo comprender lo que su padre había hecho y se puso por fin en contacto con sus abuelos maternos, su abuelo materno ya había muerto y su abuela estaba enferma de Alzheimer y ni siquiera sabía su propio nombre y mucho menos el de Emmett.

–¡Que guapo! –exclamó Stefanie mientras bajaba las escaleras con un maravilloso vestido dorado. El cabello le caía por lo hombros haciéndole juego con el vestido.

–Me has quitado las palabras de la boca.

Emmett había visto a Stef con muchos vestidos de fiesta, pero jamás la había visto tan hermosa como aquella noche. ¿Por qué?

«Porque es tuya».

Apartó ese pensamiento de la cabeza, que era donde debía estar, al ver que ella se le acercaba. La tomó entre sus brazos. Le resultaba tan natural como respirar.

–Desgraciadamente, la botas no me van con este vestido –dijo mientras le enseñaba las sandalias doradas.

–No me quejo –replicó él al ver que ella llevaba las uñas de los pies pintadas de dorado–. Aunque las botas…

Habían disfrutado mucho de aquellas botas. Stefanie se las puso y se sentó sobre él a horcajadas. Cabalgando sobre él. Sus hermosos pechos se habían movido al ritmo que ella marcaba mientras los llevaba a ambos al éxtasis. En el dormitorio, ella era su dueña y eso era una hazaña que ninguna otra mujer podía reclamar.

Una hora más tarde, llegaron al salón de baile donde se iba a celebrar la gala. La mansión en la que se encontraba hacía que la de Chase pareciera un chalet en comparación. La música rugía a través de los altavoces y los invitados estaban alrededor de mesas altas.

–¡Champán! –exclamó ella, llena de energía– Vamos.

Emmett había recibido las invitaciones de la propia

Sonia, después de recibir una llamada de su asistente personal para decirle que Sonia necesitaba un guardaespaldas para un evento hacía ya un año. Emmett había llamado a Doug, uno de los miembros más experimentados de su equipo de seguridad. Sonia le había regalado las dos entradas a Doug, que se las había regalado a su vez a Emmett sin dudarlo.

—No estoy seguro de que mi sitio esté aquí entre esta gente —dijo Emmett.

—No seas tonto —replicó ella mientras le entregaba una copa de champán—. Relájate… Siempre eres tan serio…

Stef dio un sorbo de champán mientras miraba la pista de baile, que estaba prácticamente vacía. Estaba iluminada por luces ondulantes, imitando las olas, muy a tono con el tema marino de la velada. Emmett se estaba imaginando lo que ella le iba a pedir, pero, antes de que pudiera negarse con alguna excusa, ella le quitó la copa de champán de la mano.

—Baila conmigo.

—No.

Emmett había convertido la obstinación en una forma de arte. Ella le acarició suavemente la parte frontal de la chaqueta y la impecable camisa blanca. Su marido la volvía también loca vestido de esmoquin. La excitaba tanto que había estado a punto de insinuársele en el coche, pero al final no lo había hecho.

—Ha llegado el momento de admitir que me has ganado.

Él guardó silencio, pero la tormenta que se reflejó en sus ojos lo decía todo. Stef leyó sin dificultad la expresión de su rostro y no le gustó lo que vio. Emmett creía que estaba por debajo de todas las personas que había en aquella fiesta y también debajo de la propia Stefanie.

De repente, ya no pudo esperar a que llegaran a casa para gozar de él. Iba a enseñarle una lección inolvidable y a conseguir lo que quería de él desde su primera noche juntos: que él alcanzara primero el orgasmo.

–Vamos a dar un paseo –le dijo tirándole del brazo–. Nada de bailes. Te lo prometo.

Poco a poco, se lo fue llevando lejos de la multitud.

–Nadie de los que hay aquí es mejor que tú, por mucho que les guste pensarlo –le dijo al oído.

Siguió caminando con Emmett hasta que los dos llegaron a una parte que estaba cerrada por cortinas, en la parte posterior de la sala. Perfecto. Tiró de Emmett y lo colocó detrás de las cortinas.

–¿Qué diablos estás haciendo?

En el pequeño espacio solo había cajas de cartón con copas de champán. Evidentemente, utilizaban aquella zona como espacio de almacenaje.

–Aquí deberíamos estar bien escondidos aquí. A menos que se queden sin copas.

–Stefanie…

–Puedes llamarme reina –le dijo mientras le desabrochaba la pajarita–. ¿Y adivina en lo que te has convertido tú si te has casado con la reina?

Stef comenzó a desabrocharle la camisa. Emmett trató de impedírselo, pero ella no se lo permitió. Al final, él cedió, deseaba aquello tanto como ella.

Le separó la camisa y dejó al descubierto los gloriosos pectorales y los abdominales. Cuando comenzó a lamerle e hizo ademán de arrodillarse. Emmett le agarró los codos como si fuera a impedírselo, pero no lo hizo. Por fin, se colocó delante de él.

Poco a poco, comenzó a desabrocharle el cinturón. Emmett observaba atónito, sin poder moverse. Stefanie le abrió la cremallera y se alegró al descubrir que él ya estaba muy excitado. Al menos una parte de la anatomía de él parecía estar de acuerdo con lo que Stef estaba a punto de hacer.

Le agarró el miembro con la mano y él echó la cabeza hacia atrás. Un gemido de placer se le escapó de los labios, aunque prácticamente no resultó audible por el sonido de la música.

—El hecho de casarte con una reina —susurró ella mientras le bajaba los pantalones y los calzoncillos—, te convierte en… el rey —añadió antes de deslizarle la lengua por la punta de su erección.

Abrió la boca para acogerlo en su interior. Su masculina fragancia le llenó las fosas nasales de igual manera que su miembro le llenaba la boca. La respiración acelerada de Emmett era eco del propio placer de Stef cada vez que lo acogía más profundamente. Le tomó una mano y se la colocó en la parte posterior de la cabeza para que él supiera que estaba bien que la animara.

Emmett permaneció completamente inmóvil antes de ceder al placer que ella le estaba proporcionando. Le dejó hacer lo que ella llevaba pidiéndole desde la primera noche.

Ella succionaba con fuerza, negándose a parar. Poco a poco, fue acercándose a su objetivo.

—Stef… Stefanie…

Estaba cerca. Ella le soltó y lo miró a los ojos.

—Permítemelo…

Emmett la miró con preocupación y luego observó la cortina tras la que se ocultaban. Antes de que sus prejuicios pudieran arruinar la diversión, ella volvió a lamerle.

El conflicto desapareció. Él la animó a seguir, alabándole lo que hacía con voz ronca.

–Sí, cielo… así… justo así…

Le enredó los dedos en el cabello y agarró con fuerza. Stef incrementó la velocidad animada al ver que él iba perdiendo el control. Un instante después, Emmett se le vertió en la boca. Ella se lo permitió, gozando de su victoria al conseguir que él llegara al orgasmo antes que ella. Quería que él era tan merecedor de ella como Stefanie lo era de él. Habían encontrado algo que podría durar para siempre en las circunstancias más improbables.

En ese momento, allí, de rodillas ante él, permitió que su corazón hablara. Fue solo un susurro, pero reconoció la palabra de cuatro letras que este le transmitía. Una palabra que normalmente precede al matrimonio.

Decidió apartarla y se puso de pie para centrarse en aquel momento y en la expresión de asombro de su esposo. Desgraciadamente, la deliciosa sensación vivió muy poco tiempo cuando una voz muy familiar habló al otro lado de las cortinas.

–¿Has visto ya a Emmett y a Stef?

–Todavía no –respondió una mujer.

Emmett se subió rápidamente los pantalones mientras Stef se mordía los labios para no soltar una carcajada. Evidentemente, el alcalde Chase Ferguson los estaba buscando.

Capítulo Doce

Mimi y Stefanie habían estado hablando mientras que Emmett y Chase iban a busca algo de beber.

–¿De qué crees que están hablando? –le preguntó Chase.

–Ni idea –respondió Emmett, aunque esperaba que no fuera sobre lo que había ocurrido detrás de las cortinas hacía unos minutos.

–¿Cómo consigue Mimi que un sencillo vestido rojo resulte tan tentador? ¿Es ya medianoche?

El tono irritado de Chase hizo que Emmett sonriera. Él había sido testigo, hacía una década, de cómo Chase se enamoraba de Miriam. Chase no estaba buscando nada permanente y persiguió a Mimi como si fuera un perrillo. Entonces, la dejó ir cuando ella no consiguió encajar en la familia Ferguson.

Emmett se tensó al pensar en lo mucho que tenía en común con Mimi.

–… a medianoche y brindamos y nos podemos marchar de aquí –decía Chase–. ¿Qué es lo que te pasa a ti?

–Nada. Nunca pensé que vería el día en que volvieras a reunirte con Miriam –comentó para ocultar la verdad.

–Muchas gracias –comentó Chase mientras le daba un sorbo a su whisky–. Soy mejor con ella en mi vida. Mucho mejor. Yo pensaba que la atención que le prestabas a Stefanie a lo largo de los años tenía que ver con tu lealtad a la familia o a mí.

–Y así era. Es –se corrigió inmediatamente.

–¿Qué saca ella de esto? –le preguntó Chase. Evidentemente, para él, el matrimonio no estaba equilibrado y se inclinaba hacia el lado de Emmet.

–Creo que eso lo puede decidir ella. Ya sabes dónde está mi lealtad.

–Sé dónde estaba –replicó Chase–. Me han usurpado.

–Ella es la reina –murmuró Emmett antes de dar un trago a su vaso. Chase no le oyó.

De repente, comenzó la cuenta atrás y todos se prepararon para recibir el año nuevo. Miriam fue corriendo a buscar a Chase y se lo llevó adonde todo el mundo estaba de pie. Stefanie y Emmett se quedaron en mesas separadas, de pie, mirándose a través de todos los que les rodeaban.

Ella levantó la copa para brindar en silencio.

Cinco, cuatro…

Emmett echó a andar hacia ella tras dejar su copa sobre la mesa. Dividió la distancia que los separaba en dos partes. Ella podría recorrer la otra si así lo deseaba. Emmett no la obligaría.

Tres…

Stefanie echó a andar hacia él. La seguridad en sí misma hacía que los ojos le brillaran como el vestido.

Dos… ¡Uno! Todos los asistentes comenzaron a gritar para dar la bienvenida al Año Nuevo. Emmett tomó a su esposa entre sus brazos y la besó larga y apasionadamente. De la misma manera que le haría el amor aquella noche. Cuando rompieron el beso para cantar el *Auld Lang Syne,* lo que Emmett vio en las profundidades de aquellos ojos azules lo turbó muy profundamente. Vio mucho más de lo que había anticipado. Entonces, ella se le puso de puntillas y le susurró algo al oído. Por suerte, no eran las dos palabras que Emmett había estado convencido que ella le iba a decir.

—Llévame a casa…

—Me estoy enamorando de él y no sé lo que hacer —le dijo Stef a Pen mientras las dos tomaban chocolate caliente y galletas en la cocina de la casa de Pen.

—Te estás enamorado de tu esposo…

—Creo que sí. ¿Por qué lo dices de esa manera?

—Lo he visto antes. No es la primera vez que ayudo a clientes a avanzar en un matrimonio de conveniencia.

—¿Te refieres a parejas que empezaron como Emmett y yo y que siguieron juntos?

—Sí, me han invitado a muchas fiestas de aniversario —dijo Pen con una sonrisa—. Cuéntame.

—Me estoy enamorando de Emmett, pero quiero decírselo porque me temo que él se acobardará por el poco tiempo que llevamos casados. ¿Cuánto tiempo es suficiente para admitir que estás enamorada de una persona? ¿Qué se supone que tengo que hacer?

—Antes de que lo mío con Zach se asentara, yo no le dije lo que sentía. Él no sabía que yo le amaba. Nos podríamos haber ahorrado mucho sufrimiento si yo hubiera sido sincera. ¿Qué siente Emmett?

—Le encanta acostarse conmigo.

—Es decir, Emmett y tú sois compatibles físicamente. ¿Hay más?

—Para mí, sí, pero creo que será mejor esperar para decirle lo que siento. Solo un poco. Hasta que yo esté segura de que es real.

–En tus circunstancias, creo que es lo mejor.

–De acuerdo… Muy bien… –dijo Stef. Se sentía mucho mejor después de hablar con su cuñada–. ¿Cuánto tiempo crees que debería esperar?

–No demasiado. Sigue los dictados de tu corazón.

–Echo de menos a Oscar –comentó Stef de repente. Estaban en un elegante restaurante del centro de Dallas, donde habían ido a tomar el *brunch*.

Sunday había ido a recoger a su adorado felino aquella mañana.

Emmett no iba a pedir nada. No quería probar aquellos platos tan exquisitos y elegantes. Solo quería café, dos huevos y tres rebanadas de pan integral.

–¿Cómo va la campaña de Chase? –le preguntó Stef con la taza entre las manos.

–Tú no has estropeado sus posibilidades de ser reelegido, si es eso lo que te preocupa.

Sin poder evitarlo, Emmett miró a su alrededor. Ya no eran noticia. Tras dos semanas de casados, todo el mundo parecía estar aburrido de ellos. Según Penelope, hasta la duquesa de Dallas estaba demasiado ocupada hablando de ella misma saliendo con Blake, si alguien se podía creer que eso fuera cierto.

Sin embargo, Emmett estaba empezando a sospechar que su propio matrimonio era más real de lo que todos pensaban. Por eso, había algo que tenía que decirle a Stefanie.

–Por cierto, se lo he dicho a mi padre.

–¿Se lo has dicho a tu padre? –exclamó Stef asombrada.

–Llamó a la oficina de Chase y dejó un mensaje. Se

había enterado de lo de la boda y quería saber si era cierto. No le digo muchas cosas porque no me fío de él, pero esto… Eres importante. Quería que mi padre oyera la verdad de mis labios.

–Debió de resultarte muy duro…

–Sé que no te he dicho muchas cosas buenas de él, pero no creo que le interese tu dinero. Aunque lo estuviera, yo no le permitiría que tocara un centavo.

–Emmett, yo tampoco lo creo, pero si necesita algo…

–No. Me dijo que esperaba que fuéramos muy felices.

Emmett volvió a tomar su taza de café y apartó la mirada.

–¿Y lo eres, Stef? ¿Eres feliz?

Ella se inclinó hacia Emmett y le colocó una mano en el brazo.

–Sí.

–¿Te encuentras bien? –le preguntó Emmett cuando vio que los ojos de Stef se llenaban de preocupación.

–No… Es decir, sí… –susurró ella. Apartó la mano y la mirada–. Estoy enamorada de ti.

El mundo de Emmett se detuvo en seco y pareció abrirse bajo sus pies.

–Mis sentimientos hacia ti pasaron a otro nivel hace un tiempo. Quería decírtelo, pero no encontraba el momento. Y supongo que ese momento ya ha llegado.

–Stefanie…

–Lo sé… Lo sé.

Emmett sintió miedo. No podía amarla del modo en que ella se merecía ser amada. Su pasado era oscuro y lleno de grietas. Ella era una Ferguson y los Ferguson eran como una familia real. Emmett no.

Sin poder evitarlo, se imaginó cómo podría ser su

vida con Stefanie. Una casa que comprarían juntos. Unos hijos que jamás conocerían el significado de la palabra abandono. Hacer el amor en cualquier momento del día y llenarla a ella de afecto, de regalos y de placer…

Entonces, recordó que Chase le había advertido de que no se acercara demasiado a su hermana. ¿Sería capaz de despedirle? Si eso ocurría, no podría soportar que Stef tuviera que mantenerlos a ambos.

Decidió, que, aunque estaba empezando a sentir una peligrosa combinación de sentimientos, los ignoraría. Ella se merecía mucho más que lo poco que él le podía ofrecer. Por eso, debería renunciar a ella. Por mucho que le doliera.

Stef vio cómo su esposo parecía convertirse en piedra cuando le declaró lo que sentía. Tal vez debería habérselo ocultado, pero estaba harta de fingir. Por fin, había comprendido lo que deseaba. Y lo que deseaba con todo su corazón era seguir estando casada.

Emmett guardó silencio durante el trayecto en coche hasta la casa. Al llegar, Stef fue a dejar el bolso mientras observaba cómo él dejaba las llaves junto a la puerta. Emmett apenas la miró cuando pasó a su lado.

–Un momento… Supongo que te está costando asimilar lo que te he dicho. Sé que puede parecer precipitado, pero creo que hemos hecho algo notable. Puedes tomarte todo el tiempo que necesites para pensar sobre lo que sientes por mí. No forzaré la situación ni me enojaré porque tú no me digas que me correspondes.

–Ya basta –dijo él con voz ronca–. Ya basta de hablar sobre lo que sientes tú y sobre lo que siento yo y sobre cómo va a funcionar lo nuestro. Esto es temporal. Siempre lo ha sido.

–Las cosas cambian…

–No es posible que sepas que me amas tan solo después de…

–No termines esa frase. Estoy harta de que la gente cuestione mi corazón y mi voluntad. Yo mando sobre ambas cosas, yo y nadie más, sé lo que siento por ti.

Emmett respiró profundamente. No podía enfadarse con ella ni discutir. La tomó entre sus brazos y apoyó la frente en la de Stef.

–Necesito dormir un poco –le dijo tras darle un beso.

–Está bien.

Stef permaneció de pie mientras él se marchaba, preguntándose qué demonios iba a hacer consigo misma. Decidió que iría de compras. Siempre le había ayudado a aclarar la cabeza en el pasado y, en aquellos momentos, lo necesitaba desesperadamente.

En la semana que había transcurrido desde que Stef le confesó a Emmett que lo amaba, había tenido que ir de compras en muchas ocasiones. Ropa, muebles, elementos de decoración, copas de champán… Por eso, había decidido disfrutar también de una tarde de chicas en su recién decorado apartamento. Había estado sumergida en el mundo de Emmett y echaba de menos su mundo.

Pen estaba sentada en su nueva otomana mientras que Mimi estaba en el sofá.

–¿Es todo nuevo? –le preguntó Pen.

–Sí –admitió mientras apoyaba la bandeja.

–Resulta interesante que estés comprando nuevos muebles para tu apartamento. Me daba la impresión de que te ibas a quedar en el de Emmett.

–Así es, pero vi este sofá y me lo tuve que comprar.

141

No creo que hubiera quedado muy bien con los colores de la casa de Emmett.

–Me gusta –comentó Mimi–. Gracias por invitarme a mí también. No suelo tener mucho tiempo para quedar con vosotras.

–Lo siento mucho –dijo Pen–. Yo estoy muy ocupada con el trabajo y con Olivia. No he dado prioridad a mis amigas ni a mi familia.

–Es comprensible. Bueno, vamos a ver –empezó Mimi tras reclinarse sobre el sofá para tomar su copa de champán–. ¿Qué es lo que está pasando realmente con tu matrimonio, Stef?

–No solo creo que tendrás tu propia opinión al respecto, sino que estoy segura de que mi matrimonio es un tema muy frecuente de conversación con Chase.

–Bueno, tal vez Chase os haya mencionado en un par de ocasiones –comentó Mimi con una sonrisa.

–Os envidio a las dos. Estáis muy enamorada de Zach y Chase y ellos de vosotros –dijo Stef.

–Tú estás enamorada de Emmett –afirmó Mimi.

–Lleva enamorada ya algún tiempo –confirmó Pen.

–¿Se lo has dicho a él? –quiso saber Mimi.

–Sí. Y él no reaccionó. Terminamos nuestro *brunch* y, al llegar a casa, se fue a echar la siesta.

–¡La siesta! –exclamó Mimi escandalizada.

–Sí. Y también me dijo que no sabía cómo podía estar segura de lo que sentía tan pronto.

–No tiene derecho a decirte eso –aseveró Pen–. Nadie, ni siquiera él, tiene derecho a decirte qué es lo que sientes. Solo lo puedes saber tú.

–Eso es lo que yo le digo siempre a Chase –añadió Mimi–. Tu hermano mayor es muy protector contigo, Stef. Emmett y Chase llevan siendo amigos mucho tiempo. Emmett ha estado siempre al lado de tu hermano, de tu familia. Para él, aprovecharse de ti después de…

—¡Fui yo la que le pedí que se cara conmigo! Siempre se ha portado muy bien conmigo. Ha sido cuidadoso, cariñoso y protector. Yo creía que sentía por mí algo más allá de lo físico, pero, si es así, se lo guarda para sí.

—Probablemente no lo sabe. Acuérdate de lo que le pasó a Zach. No se había dado cuenta de lo que sentía hasta que tú te sentaste frente a él y le obligaste a admitirlo —comentó Pen.

—Y Chase me dejó —apostilló Mimi—. En su caso, fue Emmett quien lo ayudó a comprender que estaba tan enamorado de mí como yo de él.

—¿Emmett hizo eso? —le preguntó Stef, que no conocía esa historia.

—Así es. Resulta más fácil ver en los demás que en uno mismo. Probablemente, no tiene ni idea de lo que siente.

En ese caso, alguien debería hacérselo ver. Tal vez Stef debería ocuparse de ello.

Mientras Mimi y Pen charlaban, Stef se puso a pensar cómo podría demostrarle a Emmett que lo que sentía por ella era amor y nada más que amor.

La exposición de arte de Elle Ferguson estaba en todo su apogeo. La enorme casa estaba llena de mujeres enjoyadas y de hombre que bebían whisky. Emmett no iba a comprar nada aquella noche, pero sí estaba bebiendo whisky. Zach se acercó para hablar un rato con él.

—¿Es deformación profesional el motivo por el que estás pegado a la pared observando a todo el mundo o es que no te quieres mezclar con los ricachones?

–Un poco de las dos cosas –respondió Emmett.

Zach se colocó a su lado y examinó la multitud hasta encontrar a su esposa. Estaba junto a Stefanie y las dos estaban admirando un cuadro.

Emmett siempre había pensado que Penelope era una mujer muy hermosa, pero su belleza palidecía junto a la de su esposa. El vestido azul que llevaba Stefanie le recordaba al color de sus ojos, unos ojos que brillaban llenos de secretos que él se moría por descubrir.

Desde la tarde en la que ella le confesó que estaba enamorada de él, Emmett se había mostrado distante. Se mostraba como si aquella declaración no le hubiera afectado en lo más mínimo cuando la realidad era muy diferente. Resultaba aterrador haberse ganado el corazón de una mujer así y tener tan poco que ofrecerle.

–¿Crees que se lo va a comprar? –le preguntó a Zach.

–Dado que todo lo que se recaude va para una causa benéfica, estoy seguro de que comprará algo. ¿Hay algo nuevo entre mi hermana y tú?

–¿Por qué me da la sensación de que sabes algo?

–Si crees que Penelope me contó lo que estuvieron hablando aquella noche que quedaron las dos con Mimi en casa de Stef, no la conoces. Pen y Stef eran íntimas antes de que yo conociera a Pen.

Para su sorpresa, Zach no le presionó para que le contara nada ni trató de sacarle información. Decidieron que quedarían los cuatro muy pronto para cenar. Le vendría bien tener a otro Ferguson de su lado.

Stef cruzó brevemente la mirada con la de Emmett y le sonrió antes de proseguir su conversación con una de las invitadas.

En ese momento, comprendió que la amaba. Estaba seguro.

Chase le había advertido que, si Stefanie terminaba sintiendo algo por él y él no podía corresponderla, Emmett debería marcharse.

¿Y si él sentía lo mismo? ¿Y si también estaba enamorado de ella y quería pasar la vida a su lado? ¿Qué diría Chase? ¿Y sus padres, que sin duda habían esperado que ella se casara con alguien más relevante?

Por mucho que la amara, jamás podría pedirle que eligiera o que se arriesgara a perder a su familia por él.

Stefanie lo comprendería todo tarde o temprano. Se cansaría de él y de su aburrido estilo de vida y desearía estar con alguien tan alegre como ella. Y echaría de menos a su familia.

Minimizaría su sufrimiento y se marcharía. Ella no se merecía menos y sería egoísta por parte de Emmett esperar más. No había mejor momento que aquel. Toda la familia de Stef estaba presente.

Su marido estaba tan guapo como siempre, con sus pantalones oscuros, la camisa blanca y la corbata color turquesa. Tan atractivo que Stef había empezado a pensar en llevárselo a unos de los dormitorios de la enorme casa de sus padres. Sin embargo, al acercarse a él, vio la dureza que mostraba su rostro y sintió que las piernas le fallaban.

–¿Qué te pasa?

Emmett la observó con mirada sombría. Entonces, dijo algo que Stef pensó que jamás escucharía.

–Amo que me ames.

Las palabras iban acompañadas de una expresión tan seria que no encajaban. A pesar de todo, sonrió. Las siguientes palabras de Emmett la dejaron helada.

–Quiero la anulación.

–¿Anulación?

–O divorcio. Lo que mejor exprese que no quiero nada de ti.

–¿De qué estás hablando? No lo comprendo. ¿No quieres seguir casado conmigo? ¿Es que Zach te ha amenazado? –añadió, al recordar que había estado hablando con su hermano.

–Es mi decisión, Stefanie. No puedo seguir en un matrimonio en el que tú sientes más por mí de lo que yo soy capaz de devolverte. Accedí a casarme contigo por una única razón. Mi trabajo es protegerte.

–No. Tu trabajo es proteger a mi hermano. Tu derecho, y tu privilegio, es amor a la mujer que te ama a ti.

Los ojos de Stef se llenaron de lágrimas. Acababa de ver en la expresión del rostro de Emmett que no la amaba. Sentía lealtad hacia ella porque era una Ferguson, pero no por eso pensaba entregarle su corazón.

–Fue un privilegio para mí ser tuyo.

Le estaba diciendo que ya no lo era.

–Sigues sin creer que seas merecedor de mí –susurró ella. Estaba a punto de echarse a llorar–. Ya te dije que…

–No sabes todo lo que hay que saber. Crecí tan pobre como las familias que asistieron a tu cena benéfica. Mi familia no pertenecía a la clase alta de Dallas. De hecho, ni siquiera éramos de la clase media. No crecí en un barrio elegante. Viví en una casa con un tejado con goteras, problemas de termitas y un patio del tamaño de un sello.

–¿Acaso crees que eso me importa?

–No. Y ese es el problema. No puedo ser lo que tú necesitas. Eres una de las herederas de la fortuna de los Ferguson y yo tan solo trabajo para el alcalde de Dallas.

–Te amo por quién eres, Emmett. No por lo fuiste.

–Nunca dejaré de ser lo que fui. Jamás encajaré en

exposiciones de arte ni en tu mundo. Tienes un buen corazón, Stefanie, pero yo no soy una de tus obras benéficas. No pienso permanecer en un matrimonio que, en realidad, jamás debería haber ocurrido.

Quería que ella se enfadara. Se preparó para asestar el golpe final.

—No nos parecemos en nada, Stefanie. Tú pagas quinientos dólares por asistir a una cena benéfica y te compras vestidos que te pones solo una vez. Reemplazas los muebles de tu casa porque has tenido un mal día. Hemos acabado. Ya está.

Stef parpadeó y, por fin, las lágrimas le cayeron por las mejillas.

—Te enviaré tus cosas a tu apartamento.

Se dio la vuelta para no seguir viéndola llorar. Pero oyó el profundo sollozo que se le escapó de la garganta.

Lo había hecho por ella.

Agradeció que Zach, Chase, Pen y Miriam se acercaran en seguida para consolarla. Los Ferguson siempre se cuidaban muy bien unos a otros. Había sido un error pensar que él podría haber llegado a ser uno de ellos.

Capítulo Trece

Emmett le había pedido el divorcio.

Otra lágrima cayó en la caja que estaba desempaquetando. Sus cosas habían llegado aquel mismo día desde la casa de Emmett.

Después de que Emmett se marchara de la fiesta, sus hermanos habían ido a consolarla. Cuando se aseguraron de que se encontraba bien, Chase hizo ademán de ir tras Emmett, pero ella le suplicó que no lo hiciera.

No quería que su hermano siguiera sacando la cara por ella. Además, no habría servido de nada. No habría conseguido que Emmett cambiara de opinión. Tan solo deseaba que pasara el tiempo. Al cabo de unos meses, todo lo ocurrido sería tan solo un mal recuerdo.

Se alegró de que Chase y Mimi pasaran a verla. Mimi llevaba un termo con chocolate caliente y Chase contemplaba a su hermana con desolación, como si ella fuera el único problema que no era capaz de arreglar.

—Lo siento mucho, Chase —susurró ella.

—No tienes que disculparte de nada. Voy a ir a su casa. ¿Quieres que le diga o le lleve algo?

—Claro. Le puedes llevar esto —respondió Stef. Entonces, levantó el dedo anular. Mimi se echó a reír.

Chase también, aunque su sonrisa era triste.

—No tengo nada que decir al hombre que no siente nada por mí.

—No te dijo eso —le recordó Mimi.

–Casi –replicó Stef mientras se tomaba un sorbo de chocolate caliente.

Chase soltó una maldición y tomó el abrigo para marcharse.

–No quiero que me ame porque mi hermano mayor le amenace –le dijo Stefanie.

–Ayer dimitió como jefe de seguridad. Voy a hablar de eso con él. No sobre ti. No me interesa hacerle cambiar de opinión si no siente nada por ti.

–Creo que tampoco lo querrías a mi lado si estuviera locamente enamorado de mí.

–Eso no es cierto –afirmó Chase–. Te mereces a alguien que sepa lo que vales. Es lo único que he querido siempre para ti. No un matrimonio de conveniencia para salvar mi campaña. Eso no es lo que tú te mereces –comentó. Parecía sentirse culpable–. Mimi, volveré a recogerte después de… después de…

Chase no terminó la frase. Se acercó a su futura esposa y le dio un beso en los labios.

–Nada de peleas –le advirtió Stef cuando su hermano la besó en la frente.

Sin embargo, la actitud de Chase antes de marcharse le indicó a Stef que su advertencia había caído en oídos sordos.

Emmett entró en la cocina y abrió el frigorífico. Decidió prepararse unos huevos. Acababa de llevarlos al fogón y se había inclinado para sacar una sartén del armario, cuando su teléfono empezó a sonar.

Era Chase.

Emmett por fin se enfrentaría con él. El día anterior, le había enviado un correo para adjuntarle su carta de dimisión. Así, le ahorraba otro problema a Chase: el de tener que despedir a su mejor amigo.

–Estoy frente a tu casa.

Dejó los huevos y sacó dos cervezas. Segundos después, Chase entró en la cocina.

–Te he abierto una cerveza –le dijo Emmett.

Antes de que tuviera tiempo de tomar su propia cerveza y darle un trago, sintió un fuerte dolor en la mejilla izquierda. Parpadeó y se tocó la cara mientras miraba con asombro a Chase. El rostro del alcalde era tan neutral, que, si no hubiera estado sacudiendo la mano, Emmett habría pensado que se había imaginado el puñetazo.

–Tendría que haberme imaginado que tenías la cabeza tan dura después del numerito que le montaste a Stef –le espetó Chase mientras flexionaba la mano.

–Esperaba esto hace tres días. Llegas tarde.

–Mi hermana no hace más que llorar y es por tu culpa.

–¿Todavía? –le preguntó Emmett.

Chase se abalanzó sobre él, pero Emmett estaba preparado en aquella ocasión. Se agachó y Chase golpeó al aire. Emmett le golpeó en el estómago. Chase se recuperó rápidamente y se lanzó contra Emmett de nuevo. Le golpeó con el hombro y lo empujó con fuerza contra el frigorífico.

–¡Eres un hijo de perra! –le gritó Chase con todas sus fuerzas–. ¿Sabes todo lo que esto ha supuesto para ella? ¿Lo que le has quitado? ¿Y para qué? ¿Para poder acostarte con ella?

Furioso, Emmett le agarró y le colocó a él contra el frigorífico. Levantó el puño, dispuesto a golpearle en el rostro, pero se detuvo en seco. Chase era su mejor amigo, pero Emmett no le había dicho la verdad.

Bajó la mano y soltó a Chase.

—Vamos, termina lo que has venido a hacer —le espetó. Dio un paso atrás para que Chase pudiera reponerse—. Comprendí la verdad que había estado negando en el momento en el que regresé a casa y vi que ella ya no estaba aquí.

Chase lo miró, atónito.

—¿Qué verdad es esa?

—Que renuncié a lo mejor que me había pasado en toda mi vida, pero lo hice para que ella no tuviera que elegir entre su familia y yo. Nunca he amado a nadie como la amo a ella. Sin Stef, estoy vacío. Y ella me ama también. Me lo dijo y tuve que dejarla marchar.

—Dime que esto no ha sido por lo que te dije…

—No te sientas mal por ello. Tu amenaza de que yo me quedaría sin tu familia porque vosotros elegiríais a Stefanie fue exactamente el recordatorio que necesitaba. Tenía que asegurarme de que ella no os perdía a vosotros.

—Emmett —susurró Chase con expresión apenada.

Levantó otra vez la mano, pero, en aquella ocasión, no fue para volver a golpearle. Chase le colocó la mano sobre el hombro y se lo apretó con fuerza, casi de un modo… fraternal.

—Estaba furioso cuando te dije eso. No te apartaría nunca de la familia, igual que no lo haría nunca con Stefanie. Tú eres de la familia, Em. La familia no abandona a ninguno de sus miembros. Vine aquí para pedirte explicaciones a golpes por lo ocurrido y por haber dimitido de mi equipo. Y ahora esto… ¿Cuándo vas a decirle a mi hermana que la amas? —añadió con una sonrisa.

De repente, Emmett notó que había alguien más en la cocina. Se dio la vuelta y vio a Stefanie.

–¿Qué te parece ahora mismo? –sugirió ella. Iba acompañada de Mimi.

Chase y Emmett las miraron con incredulidad.

–¿Qué estáis haciendo aquí? –les preguntó Chase.

–Sugerí que viniéramos para ver qué hacíais –le espetó Miriam–. Bonita pelea.

Emmett no dejaba de mirar a Stef, pero vio que Chase y Miriam se marchaban de la cocina.

–¿Cuánto has oído?

–Desde que dijiste que soy lo mejor que te había pasado en la vida…

Emmett tragó saliva. Stef dio un paso al frente y se acercó a él.

–¿Cómo es posible que hayas pasado de no sentir nada a sentirlo todo?

–Te amo tanto que casi no puedo respirar sin ti –admitió él–. Sin embargo, jamás te pediría que eligieras entre tu familia y yo. Jamás te pediría que vivieras sin ellos cuando yo sé lo difícil que eso resulta.

–Chase te acaba de decir que tú también eres miembro de esta familia. Yo no soy la única que se merece lo mejor. Tú también te lo mereces.

–Estoy aprendiendo –susurró él tragando saliva rápidamente–. Quiero recuperar nuestro matrimonio. Nuestra vida juntos. Quiero que vuelvas casa y no solo a mi cama. Quiero que vuelvas a formar parte de mi vida. Siempre te protegeré, Stef. Forma parte de mi naturaleza, pero, en tu caso, deseo hacerlo porque te amo. No hay ninguna otra razón.

–Has dimitido. ¿Qué piensas hacer?

–Aún no lo he pensado. Pensé que sería más fácil para ti si yo salía de tu vida por completo. Si no volvíamos a encontrarnos.

Stef sacudió la cabeza.

—No llores por mí, Stef…

—No. Lloro porque eres tan tonto… —susurró. Entonces, soltó una carcajada. Se acercó a él un poco más y le colocó las manos en el pecho—. Tonto…

—Te amo —le confesó él por fin—. Lo suficiente para volver a casarme contigo otra vez.

—Ya estamos casados…

—Esta vez lo haremos mejor. Lo haremos bien. Con tu familia presente. Lo que quieras.

—¿Lo que quiera? —preguntó ella con una pícara sonrisa en los labios.

—Lo que quieras. ¿Podrás perdonarme alguna vez?

Stef asintió y Emmet vio que ella ya le había perdonado. Se sintió fuerte de nuevo. Stef era la única mujer para él, la única que podía derribar las barreras tras las que se había protegido toda su vida.

—Solo te pido un favor —añadió él—. Que no me hagas esperar hasta nuestra segunda noche de bodas para volver a llevarte a la cama.

Stef se echó a reír y dejó que Emmett la estrechara entre sus brazos.

—No me sometería a esa clase de tortura dos veces —susurró mientras le rodeaba el cuello con los brazos.

—¿Eso es un sí?

—Sí.

Emmett la levantó en brazos.

—¿Te refieres a la boda o al sexo?

—A las dos cosas.

—Emmett no perdió el tiempo. Se la llevó al dormitorio y le demostró lo mucho que le había echado de menos, lo mucho que significaba para él y lo mucho que la amaba.

En la cúspide del orgasmo, Emmett volvió a pedirle matrimonio y le juró que la amaría eternamente. En su propio clímax, volvió a repetir la palabra. Eternamente.

Parecía el lugar perfecto para empezar.

Epílogo

La mansión de Chase parecía haberse impregnado de nuevo del espíritu invernal. Había adornos por todas partes. Incluso dos enormes árboles de Navidad a ambos lados del altar, donde los esperaba el reverendo.

Emmett, al igual que Chase y Zach, que estaban junto a él frente al altar, se había puesto un esmoquin y los tres trataban de no sudar demasiado a pesar del calor. La boda por Navidad de Stef, con la que ella siempre había soñado, se iba a celebrar en Texas en el mes de mayo.

Después de que Chase volviera a ganar las elecciones, Stef se puso a preparar su boda. Quería hacerla lo antes posible para que Chase y Miriam pudieran hacer lo propio con la suya.

Miriam y Penelope avanzaron hasta el altar, saludando a la pequeña Olivia, que las saludaba también desde el regazo de su abuela. Elle sonreía también y miraba a Emmett con aprobación. Su futura suegra no se podía imaginar lo mucho que eso significaba para él.

Además, la relación de Emmett con su padre iba mejorando poco a poco.

La música formal dio paso a la canción navideña favorita de Stefanie, *All I Want for Christmas is You*, de Mariah Carey. En ese momento, apareció la novia.

Iba del brazo de su padre, con una sonrisa tan resplandeciente y contagiosa como la que tenía el día en el que Emmett la conoció. Como la primera vez que ella se dirigió hacia él vestida con un traje de novia, sintió que aquel era su destino y su felicidad.

Stef le había dicho la noche anterior que había decidido cambiarse legalmente su apellido por el de Keaton. Eso, y el hecho de que Chase le había dicho que le consideraba su hermano honorario, había sido suficiente para que los ojos de Emmett se llenaran de felicidad.

Stefanie llegó por fin a su lado. El vestido era el mismo que había llevado en la primera boda. Ella afirmaba que le había dado suerte. Emmett estaba totalmente de acuerdo. Se sentía el hombre más afortunado de la tierra.

Entrelazaron las manos y el reverendo comenzó la ceremonia. Emmett recordó la historia de la viuda que había deseado que sus anillos tuvieran otra vida, que participaran de otra unión que soportara la prueba del tiempo. Emmett y Stefanie pensaban hacer que se sintiera orgullosa.

–Puedes besar a la novia –dijo el reverendo James–. Una vez más –añadió, provocando una sonrisa en todos los presentes.

Stefanie abrazó a Emmett, pero él la levantó del suelo para estrecharla entre sus brazos. Los aplausos resonaron en la sala mientras Emmett se perdía en los labios de su esposa. Nunca había imaginado que pudiera llevar una vida que rebosara amor y felicidad, pero había aceptado su destino. Tenía intención de agradecérselo a Stef todos los días de su vida, empezando desde aquel mismo instante.

Bianca

**Salió de una vida normal y corriente...
para acabar en la cama de un rey**

LA NOVIA ELEGIDA DEL JEQUE

Jennie Lucas

Beth Farraday no podía creer que el poderoso rey de Samarqara se hubiera fijado en ella, una simple dependienta. El resto de las candidatas a convertirse en su esposa eran mujeres tan bellas como importantes en sus respectivos campos profesionales. Pero Omar la eligió, y su apasionada mirada hizo que Beth deseara cosas que solo había soñado hasta entonces.

De repente, estaba en un mundo de lujo sin igual. Pero ¿sabría ser reina aquella tímida cenicienta?

DESEO

Lo que iba a ser un matrimonio de conveniencia se fue convirtiendo en pasión

Un escándalo muy conveniente
KIMBERLEY TROUTTE

Un comprometedor vídeo había arruinado la reputación de Jeffe Harper. La propuesta de su padre de partir de cero conllevaba algunas condiciones. Para construir un nuevo resort de lujo en Plunder Cove, el famoso hotelero debía sentar antes la cabeza y celebrar un matrimonio de conveniencia. Jeffey no tenía ningún inconveniente en hacerlo hasta que la aspirante a chef Michele Cox le despertó el apetito por algo más picante que lo que un contrato permitiría.